des...
de bonne aventure

JOUER AVEC
LE FEU

Dotti Enderle

Traduit de l'américain
par
Nathalie Tremblay

AdA
jeunesse

Copyright © 2002 Dotti Enderle
Titre original anglais : Playing with fire
Copyright © 2007 Éditions AdA Inc. pour la traduction française
Cette publication est publiée en accord avec Llewellyn Publications, Woodbury, MN
Tous droits réservés. Aucune partie de ce livre ne peut être reproduite sous quelque forme
que ce soit sans la permission écrite de l'éditeur, sauf dans le cas d'une critique littéraire.

Éditeur : François Doucet
Traduction : Nathalie Tremblay
Révision linguistique : Isabelle Marcoux, Féminin Pluriel
Révision : Nancy Coulombe, Isabelle Veillette
Montage de la couverture : Matthieu Fortin
Mise en page : Sébastien Michaud
Design de la couverture : Kevin R. Brown
Illustrations : © 2002 Matthew Archambault
ISBN 978-2-89565-668-5
Première impression : 2007
Dépôt légal : 2007
Bibliothèque et Archives nationales du Québec
Bibliothèque Nationale du Canada

Éditions AdA Inc.
1385, boul. Lionel-Boulet
Varennes, Québec, Canada, J3X 1P7
Téléphone : 450-929-0296
Télécopieur : 450-929-0220
www.ada-inc.com
info@ada-inc.com

Diffusion
Canada :	Éditions AdA Inc.
France :	D.G. Diffusion
	Z.I. des Bogues
	31750 Escalquens – France
	Téléphone : 05-61-00-09-99
Suisse :	Transat - 23.42.77.40
Belgique :	D.G. Diffusion - 05-61-00-09-99

Imprimé au Canada

Participation de la SODEC.
Nous reconnaissons l'aide financière du gouvernement du Canada par l'entremise du
Programme d'aide au développement de l'industrie de l'édition (PADIÉ) pour nos activités
d'édition.
Gouvernement du Québec - Programme de crédit d'impôt pour l'édition de livres - Gestion
SODEC.

**Catalogage avant publication de Bibliothèque et Archives nationales du Québec et
Bibliothèque et Archives Canada.**

Enderle, Dotti, 1954-

Jouer avec le feu

(Le club des diseuses de bonne aventure ; 2)
Traduction de: Playing with fire.
Pour les jeunes de 10 ans et plus.

ISBN 978-2-89565-668-5

I. Tremblay, Nathalie, 1969-   . II. Titre.

PZ23.E564Jo 2007   j813'.6   C2007-942130-X

Pour Dori et Adrienne

Un merci tout particulier à Vicki Sansum

Table des matières

CHAPITRE 1

La vigilance !

— Allez ! Allez ! Allez !

Anne et les autres meneuses de claques de l'École secondaire Avery sautaient et criaient à un rythme syncopé. Les gradins du gymnase semblaient vides, avec seulement quelques parents et encore moins d'élèves pour assister à la partie. Quelle triste ambiance, à l'école !

Le gymnase ressemblait à une chambre d'échos, alors que les joueuses de volley-ball criaient.

— Allez, Richmond !

— Plus vite, Davis !

— Vas-y, Taylor !

Anne s'était souvent demandé pourquoi l'équipe de volley-ball insistait pour que ses membres s'appellent par leur nom de famille.

« *Ce n'est pas comme si elles s'appelaient toutes Ashley ou Tiffany* », songea-t-elle.

Toutefois, cette coutume ressemblait bien à sa meilleure amie, Gena Richmond, la meilleure marqueuse de l'équipe.

L'autre meilleure amie d'Anne, Juniper Lynch, était étendue sur un banc de métal des gradins, chevilles croisées et bras sous la tête, et criait occasionnellement.

— Bravo, Gena !

Les trois filles étaient meilleures amies depuis la quatrième année, alors qu'elles s'étaient découvert un intérêt commun pour la divination. Elles se proclamaient membres du Club des diseuses de bonne aventure et se réunissaient pour prédire l'avenir à l'aide du plateau de Ouija, de cartes de tarot ou encore de feuilles de thé.

Le ballon de volley-ball siffla dans les airs et tomba juste de l'autre côté du filet. Gena plongea pour l'attraper. La foule dissipée se leva d'un bond, tandis que Gena glissait d'un bout à l'autre du plancher, ses espadrilles couinant comme des craies sur un tableau noir. Elle réussit à plonger sous le ballon les poings en coupe pour le renvoyer directement dans les airs. La joueuse la plus près d'elle le retourna de l'autre côté du filet, ce qui entraîna un nouveau cri d'encouragement.

Allez ! Allez !
La partie est gagnée !
Au-dessus et dans les airs,
Une victoire dont on est fières !

Admettez ! Admettez !
Votre équipe en a assez !
Nos filles à nous
Sont imbattables, c'est tout !

Anne avait de la difficulté à rester concentrée sur la partie, mais elle mit toute son énergie dans le chant, parce qu'il était là — juste devant elle — Éric Quinn, le gars le plus mignon de l'école. Éric venait à peine d'être transféré à Avery, et bien qu'il ait raté les premières semaines, il avait suffisamment épaté l'entraîneur de l'équipe de football pour obtenir un poste de partant dans l'équipe des Lynx d'Avery.

Il était assis trois rangées plus haut qu'Anne, et elle ne pouvait s'empêcher de le regarder. Il était penché vers l'avant, les coudes sur les genoux, ses cheveux noirs lui balayant le front. Ses yeux étaient sombres comme la nuit et, quand il regardait Anne, elle croyait que son regard profond et pénétrant allait la brûler tout entière. Cependant, ce regard enflammé était tempéré par un sourire en coin et des taches de rousseur éparses sur le nez.

Juniper bondit sur ses pieds.

— Attention, Anne !

Anne se baissa rapidement pour éviter le ballon qui passa en trombe au-dessus de sa tête et termina sa course dans les gradins.

— Joli retour ! cria Juniper à la joueuse qui avait manqué son coup. Hé, Anne ! On dirait que l'endroit devrait être rebaptisé « Bourg somnolent », non ?

Anne rit tout en replaçant sa coiffure et sa jupe de meneuse de claque bleu acier. Elle se tourna vers Éric et lui décocha un sourire timide.

— Arrête ça, lui commanda une voix.

Anne se retourna vers son amie meneuse de claque, Beth Wilson, qui se moquait d'elle.

— Cesse de flirter avec lui.

Les poings sur les hanches, Beth donnait des ordres comme un véritable sergent.

— Qu'est-ce qui te fait croire que je flirte avec lui ? demanda Anne sans bruit, inquiète qu'Éric puisse les voir discuter.

Beth se rapprocha.

— Je ne peux pas lire tes yeux de cristal, mais je peux déchiffrer ton langage corporel. Tu n'as jamais mis autant d'énergie dans ton saut.

— C'est ton imagination, dit Anne.

— Vraiment ? Je t'ai vu cligner des yeux et rejeter la tête vers l'arrière.

Anne sentit ses joues s'empourprer. C'était une chose de flirter, mais se faire prendre en flagrant délit en était une autre. Et si Beth était au courant, les autres filles l'étaient aussi. Beth ne savait pas garder un secret. C'était certain que ce qui lui parvenait aux oreilles lui ressortait par la bouche. Il n'y avait rien de sacré.

— Et alors, qu'est-ce que ça peut bien te faire que je flirte avec lui ? Ce sont *mes* affaires.

Beth fronça les sourcils et ricana.

— Parce qu'il est *mon* petit ami.

Un coup de poing aurait eu le même effet.

— Depuis quand ? demanda Anne.

— Depuis qu'il est arrivé et que j'ai misé dessus. Nicole et moi sommes à élaborer une stratégie pour qu'il me demande de l'accompagner à la danse de première année du secondaire.

Anne laissa échapper un soupir de soulagement.

— Voyons si j'ai bien compris. Tu dois demander à ta meilleure amie de t'aider à attirer un garçon que tu considères déjà être ton petit ami ? Qu'est-ce qui cloche, ici ?

Anne s'imaginait Beth et Nicole ricanant en train de planifier leur coup pour mettre le grappin sur Éric. Pas étonnant que Juniper et Gena les appellent « les jumelles snobinardes ».

Elle se retourna et vit Beth déjà en train de murmurer quelque chose à une autre meneuse de claque. Tant pis. Elle avait déjà été surprise en flagrant délit. Davantage d'énergie dans son saut ? Aussi bien leur donner de quoi jacasser. La prochaine fois, elle ajouterait du tortillement à ses déhanchements.

L'atmosphère du gymnase était de plus en plus étouffante, et Anne sentait ses vêtements lui coller à la peau. Habituellement, la climatisation était si forte que les élèves surnommaient le gymnase le pôle Nord. Pas cet après-midi.

Anne leva les yeux vers Éric. Il regardait intensément le tableau des résultats.

Le seul fait de le regarder faisait grimper les degrés. Le petit jeu de Beth pouvait se jouer à deux, et elle avait bien l'intention de gagner la partie.

La capitaine des meneuses de claques cria :

— Allez, les filles !

Des championnes, des championnes !
Nous sommes des championnes !
À plates coutures, à plates coutures !
Nous vous battrons, c'est sûr !

Des championnes, des championnes !
Nous sommes des championnes !
À plates coutures…

BOUM ! Le ballon partit sur la gauche et frappa Beth à la tempe.

— Aïe ! dit-elle en se tenant la tête et en se retournant.

Gena se tenait debout, les mains sur la bouche, les yeux écarquillés. Elle leva les doigts.

— Oups ! dit-elle.

Anne et les autres meneuses de claques s'assemblèrent autour de Beth pour s'assurer que tout allait bien.

Nicole Hoffman descendit en vitesse en s'inquiétant pour sa meilleure amie. Elle lança un regard furieux à Gena.

Des larmes de colère inondèrent les yeux de Beth.

— Gena Richmond, tu l'as fait exprès !

— N'exagère pas, Beth ; je ne vise pas si bien que ça, dit Gena.

L'entraîneuse siffla un arrêt.

— Un simple accident de volley-ball, dit-elle. Au jeu, les filles.

Anne regarda vers les gradins. Éric tenait le ballon et regarda Beth avec sympathie. Quel désastre ! Aime-t-il vraiment Beth ? Tandis que Beth replaçait ses cheveux, Anne put voir que son oreille gauche était rouge feu à cause du coup. Ça devait être douloureux.

L'entraîneuse siffla de nouveau.

Gena cria :

— Allez, Quinn, retourne-nous le ballon !

Éric semblait toujours attentif à Beth.

— Éric ! cria Gena. Qu'est-ce que tu attends ? L'autorisation de tes parents ?

Il lança à Gena un regard impatient. Puis, il lui lança le ballon de toutes ses forces de quart-arrière. Elle l'attrapa et le bruit répercuta sur les murs. Puis, il y eut un violent POP ! Le boîtier de l'éclairage du plafond éclata en mille morceaux. Une flamme orangée jaillit, puis pétilla légèrement. Il plut des éclats de verre. Les enfants se bousculèrent pour sortir.

Anne, Gena et Juniper se blottirent les unes contre les autres dans un coin avec plusieurs autres élèves. Des parents se précipitèrent pour protéger leurs enfants, tandis que d'autres restèrent dans les gradins à pointer le plafond, bouche bée. Anne regarda en direction des portes du gymnase. Éric sortit nonchalamment, les mains dans les poches. Le tohu-bohu ne semblait pas le préoccuper.

— Gena, Juniper, murmura Anne. Nous devons nous rencontrer ce soir.

— Pourquoi ? demanda Juniper.

Anne regarda fixement la porte du gymnase se refermer.

— Je demande une réunion d'urgence
du Club des diseuses de bonne aventure.

Un dossier chaud

CHAPITRE 2

Un dossier chaud

Gena mélangea les cartes de tarot et soupira.

— Est-ce vraiment nécessaire ? demanda-t-elle.

Anne hocha la tête.

— Tu sais combien j'y tiens. Je ne peux attendre un jour de plus, pour savoir si je plais ou non à Éric.

— Oui, dit Gena en levant les yeux au ciel. Mais est-ce vraiment nécessaire ?

Juniper se rapprocha.

— Tire les cartes, veux-tu ?

Gena retourna la première carte, le valet de coupe.

— Est-ce lui ? demanda Anne.

— Je ne crois pas, répondit Gena. Le valet ne représente-t-il pas habituellement un enfant, ou quelque chose du genre ?

— Ou un nouveau départ, ajouta Juniper.

— Voyons ce que disent les livres !

Anne était presque debout quand Juniper la retint par terre.

— Pas de livres, tu te souviens ? Travaille avec les notions de base seulement. Les bâtons représentent les objectifs et les ambitions. Les épées représentent toute activité mentale comme l'étude ou l'inquiétude. Les coupes représentent les émotions, et les deniers représentent de l'argent ou des choses matérielles, lui dit Gena en lui jetant un regard sévère. Nous ne serons jamais de vraies médiums, si nous nous appuyons toujours sur les livres. Il faut garder l'esprit ouvert et faire confiance à nos premières impressions.

Anne voulait faire confiance à ses amies. Le trio formait le Club des diseuses de bonne aventure depuis trois ans. Par le passé, elle leur avait fait confiance au sujet de l'école et de l'équipe de meneuses de claques, mais cette fois, c'était différent. Les affaires de cœur l'étaient toujours.

— D'accord, sans livres, acquiesça-t-elle. Retourne la prochaine carte.

— Pas tout de suite, dit Juniper. Nous n'avons pas fini d'étudier cette carte.

Gena protesta.

— Peut-on utiliser autre chose que ce mot ? Je préfère « interpréter », qui n'évoque pas des images d'examen de mathématique.

— Peu importe, dit Anne. « Étudier » ou « interpréter », c'est du pareil au même. J'aimerais que cette séance soit terminée avant notre remise des diplômes.

— Écoute, tu veux savoir si tu lui plais, ou non ? demanda Gena avec un brin d'impatience dans la voix.

Juniper pouffa de rire.

— Quelle question idiote. Allons, Gena. Éric est le garçon le plus mignon de toute la deuxième année du secondaire.

— Le plus mignon de toute l'école ! dit Anne.

Elle croyait vraiment ce qu'elle disait. Depuis qu'Éric était arrivé à l'école, elle n'avait pas pu se concentrer sur quoi que ce soit d'autre. Elle devait savoir si elle avait une chance ou non auprès de lui.

Gena retourna la carte suivante, la dame de bâton.

— Qui est-ce ? Anne tourna la carte vers elle. C'est peut-être moi.

— Hummmmmm, fredonna Gena en se frottant les tempes. Mon troisième œil me dit que… non !

— Pourquoi est-ce que cela ne pourrait pas être moi ? demanda Anne, qui commençait à s'agiter.

Gena se pencha davantage sur les cartes.

— Parce que… parce que… dis-le-lui, toi, Juniper.

Anne s'effondra. Gena ne prenait-elle jamais rien au sérieux ?

— Je peux être sérieuse, marmonna Gena.

Anne broncha.

— Ai-je dit ça à voix haute ?

— Dit quoi à voix haute ? demanda Gena.

Juniper tapota la carte du doigt.

— Je ne crois vraiment pas que tu sois la dame de bâton, Anne. Je crois, dans ce cas, que tu serais la dame de coupe.

— Ah, oui, dit Anne. Les coupes représentent l'amour et l'émotion. Bon, je suis assurément amoureuse.

— Tu connais à peine ce garçon ! dit Gena. Il est arrivé il y a seulement deux semaines.

Juniper adressa à Gena un sourire malicieux.

— Avons-nous mentionné qu'il était mignon ?

— Plus que mignon, ajouta Anne.

Gena retourna la carte suivante et la jeta sur le tapis d'ivoire. Le cinq de bâton.

— Hum, ça augure mal.

La carte montrait cinq personnes com-
battant avec de gros bâtons faits de troncs
d'arbres.

— Une confrontation, peut-être ? souffla
Anne.

— Tu plaisantes ? dit Gena. On dirait
bien plus qu'une confrontation. On dirait
qu'ils se battent avec des bâtons de base-
ball. Bang ! Bang ! dit Gena en battant les
airs d'un bâton imaginaire.

Juniper parla rapidement.

— Ce n'est pas physique.

— Je sais, dit Anne. Les bâtons représentent l'ambition et les objectifs. Je crois
que la dame de bâton est Beth Wilson.
C'est la seule personne qui me mettra des
bâtons dans les roues. Mais Éric me plaît
vraiment, et j'aimerais bien que cela soit
réciproque.

Anne songea aux garçons de l'école à
qui elle plaisait. Il y en avait plusieurs. Ils
lui téléphonaient et tentaient de s'asseoir
près d'elle à la cafétéria. Même le petit
frère de Juniper, Jonathan, avait admis
avoir eu le béguin pour elle. Certains de
ces garçons étaient fort mignons, mais

Éric était différent. D'une certaine manière, il l'attirait. Elle lui souriait et lui envoyait la main dans les corridors. Elle lui glissait des messages durant le cours d'histoire. Elle lui avait même prêté de l'argent pour le goûter la semaine précédente, quand il avait oublié le sien. Et pourtant, il ne faisait qu'être poli avec elle. Il ne lui faisait pas les yeux doux comme d'autres garçons qu'elle connaissait. Peut-être était-ce là la différence. Elle aimait le défi qu'il représentait.

— Bon, dit Gena. Après vous être tapées dessus avec des bâtons... dit-elle en retournant la carte suivante. La Tour. Oh, oh !

Anne sentit la panique l'envahir quelques instants.

— Ça semble être un mauvais début.

— Pas nécessairement, dit Juniper d'une voix chevrotante.

— C'est une carte d'arcane majeure, dit Anne. C'est du sérieux.

L'image de la carte représentait une grande tour frappée par la foudre. Des flammes sortaient des fenêtres, et de la fumée montait vers le ciel. Deux personnes tombaient de la tour, leur visage contorsionné par la peur.

Les filles restèrent silencieuses un instant. Seul le doux tic-tac du réveil en forme de chat d'Anne brisait le silence.

— Alors ? dit Anne. Dites-moi *quelque chose*.

Elle avait à peine dit ces mots qu'on frappa à petits coups à la porte de sa chambre.

— Entre, maman, dit Anne.

Carol Donovan jeta un œil dans la chambre, ne sachant trop si elle devait entrer.

— Je suis désolée de vous déranger. Je désirais seulement ranger ces vêtements.

Elle entra, tenant une pile de vêtements pliés avec soin, et se dirigea vers la commode d'Anne. Les filles restèrent muettes.

— Des cartes de tarot ? demanda madame Donovan avec un léger sourire. Gena, as-tu encore perdu ton rétenteur ?

Gena sourit comme le chat d'*Alice au pays des merveilles*, découvrant ainsi les bandes de métal enserrant ses dents.

— C'est bien plus grave, cette fois, dit Juniper. Il est question d'amour.

Anne sentit son visage s'empourprer sous l'effet de la panique.

— Chut, dit-elle, en donnant un coup de coude à Juniper.

Madame Donovan plissa les yeux.

— L'amour, hein ! Vous êtes beaucoup trop jeunes pour vous intéresser aux garçons, les filles. C'est pour les grands, ça. Amusez-vous comme des enfants, pour l'instant.

Anne jeta un regard autour de sa chambre. Son couvre-lit à volants était couvert d'oursons. Ses poupées étaient gentiment rangées sur le bord de la fenêtre. Et des animaux en peluche étaient dispersés çà et là dans la chambre. Peut-être un jour aurait-elle l'audace de tenir tête à sa mère et de décorer sa chambre à son goût, avec des lampes bizarres et des affiches de groupes rock.

Les filles firent semblant d'étudier les cartes de tarot, tandis que madame Donovan vaquait à ses occupations et rangeait les vêtements.

— Oh, Anne, dit sa mère avant de partir, n'oublie pas de chasser tous ces esprits vaudou, quand vous aurez terminé. Je n'ai pas envie qu'ils grattent à ma fenêtre, cette nuit.

Juniper et Gena éclatèrent de rire.

— Maman, dit Anne, nous n'évoquons pas les esprits vaudou.

— Peu importe ce que c'est, ajouta Juniper.

— Tout de même, dit sa mère, assure-toi d'utiliser un purificateur d'air, quand vous aurez terminé. Je dois me dépêcher. Je sens mon gâteau qui brûle dans le four.

Madame Donovan sortit rapidement.

Les trois filles éclatèrent de nouveau de rire.

— Qu'est-ce que cette histoire d'esprits vaudou ? demanda Juniper.

— Qui sait ? dit Anne, embarrassée. Ma mère vit dans un autre fuseau horaire.

Juniper sembla faire un effort pour garder son sérieux.

— Quel genre de purificateur d'air écarte les esprits vaudou ?

Anne sourit et haussa les épaules.

— Je sais, dit Gena. L'odeur de gomme à mâcher.

— L'odeur de gomme à mâcher ? dirent ensemble Juniper et Anne.

— Ouais, ça les fait éclater comme des bulles.

Anne leva les yeux au ciel, et Juniper râla.

— Bon, et si cela ne fonctionne pas, tu pourrais leur installer une litière et les dresser, ajouta Gena.

— Je ne crois pas que l'on puisse dresser des esprits vaudou.

Anne s'enfouit la tête dans les mains et hocha la tête. Non, Gena n'était pas capable de garder son sérieux. Tout à coup, elle se souvint d'autre chose et se tourna vers Juniper.

— Je n'arrive pas à croire que tu aies dit ça à ma mère ! Il ne faut jamais parler d'amour ou de garçons devant elle. Tu sais qu'elle est très vieux jeu.

« Plus que vieux jeu », songea Anne.

Anne n'avait jamais été très à l'aise avec le fait que ses parents soient beaucoup plus âgés que ceux des autres enfants. Plusieurs fois, on les avait plutôt pris pour ses grands-parents. Anne les aimait, mais se disait que leur âge influençait leur façon de la traiter comme une enfant de deux ans et de l'appeler leur « petit miracle ».

— Je suis désolée, dit Juniper. Je n'ai pas réfléchi.

— Bon, concentrons-nous de nouveau sur cette interprétation, dit Gena.

Les filles se penchèrent sur les cartes.

— Bon, dit Gena, voici ce que j'en pense. Il y a du nouveau dans ta vie, Anne. Quelque chose de désirable. Mais tu devras te battre pour l'obtenir. Quelqu'un d'autre s'y intéresse également.

Elle posa sa main sur la carte de la Tour.

— Attention ! Un grand changement se prépare. Pas seulement pour toi, mais pour nous tous. Il surviendra comme une boule de feu, brûlant tout sur son passage et nous aveuglant de la vérité. Si nous ne sommes pas prudentes, nous serons chassées de notre tour protectrice, de nos vies, sans possibilité de retour à la case départ.

Les yeux de Juniper s'écarquillèrent.

— Ouf ! C'est effrayant, Gena.

— Ouais. Génial, non ? dit Gena en se frottant les mains.

— Et qu'en est-il d'Éric ? demanda Anne.

— Ah oui, dit Gena. Selon cette interprétation, il est fantastique.

Juniper se lamenta de nouveau.

— Je dois y aller, j'ai beaucoup de devoirs à faire.

Gena se leva.

— Moi aussi. Et Anne, la prochaine fois que tu demanderas une rencontre extraordinaire, est-ce possible qu'il y ait une véritable urgence, d'accord ? À mon avis, il n'y avait pas le feu !

Gena et Juniper sortirent. Anne alla dans la cuisine chercher le purificateur d'air.

CHAPITRE 3

Une nouvelle
sensationnelle

Le bourdonnement dans la cafétéria de l'école était typique d'un vendredi. Anne était assise face à Gena et Juniper. Elles discutaient depuis le début de l'heure du déjeuner, mais Anne avait de la difficulté à suivre la conversation. Éric Quinn était attablé juste derrière elle.

— Alors, qu'en dites-vous ? dit Gena en enfouissant sa serviette de table souillée, son sac à sandwich, sa paille courbée, sa boîte de raisins secs vide et un emballage de bonbon dans son berlingot de lait vide.

— Pardon ? dit Anne.

Juniper soupira.

— Viens-tu au cinéma avec nous, ou non, demain après-midi ?

— Oui, oui, dit Anne, mais pas trop tôt. Je dois préparer les invitations pour mon anniversaire, au cours de la fin de semaine.

— C'est vrai, dit Gena. Bientôt, tu pourras nous dire comment on se sent à treize ans. Invites-tu beaucoup de gens ?

— Vous ne savez pas la meilleure, dit Anne, résistant difficilement à l'envie de le dire immédiatement. Il aura fallu quatre heures, mais j'ai convaincu ma mère d'autoriser une fête mixte.

— Sérieusement ? dit Juniper.

— Pouvez-vous le croire ? J'ai si hâte !

Anne était sincère. Elle avait plus que hâte. Elle était prête à faire la roue !

Juniper ramassa aussi les restes de son déjeuner.

— Je ne peux pas non plus aller au cinéma trop tôt. J'ai une audition, en matinée.

— Ah, oui ! dit Anne. Quel spectacle présente ton studio de danse, cette année ?

— Une version jazzée de *Casse-noisette*. Ça sera amusant, mais je suis quelque peu nerveuse. J'auditionne pour le premier rôle.

Gena hocha la tête.

— Tu es la meilleure danseuse du groupe. Qui pourrait te battre ?

— Nicole Hoffman, répondit Juniper, dont les épaules s'affaissèrent.

— Hum, elle est bonne, dit Anne.

Elle regarda vers l'autre extrémité de la table où Nicole était assise avec Beth et quelques autres filles. Les deux murmuraient quelque chose en se cachant la bouche pour ricaner.

— Elle n'est pas aussi bonne que toi, dit Gena. En fait, je prédis qu'elle tombera si souvent sur les fesses qu'ils devront changer le nom du spectacle pour *Casse-fesse*.

Anne et Juniper éclatèrent de rire. Anne alla même jusqu'à grogner, puis se couvrit la bouche. Éric était juste derrière elle. L'avait-il entendue ? Quelle situation embarrassante ! Elle tenta de se retourner discrètement pour le voir, mais ne voulait pas être prise en flagrant délit.

Gena se pencha au-dessus de la table pour murmurer à Anne.

— Vas-y. Retourne-toi pour le regarder ; tu en meurs d'envie depuis le début du repas.

— Que fait-il ? murmura Anne.

— Il te regarde, dit Gena.

— Non, sérieusement.

— Sérieusement, dit Juniper. Il te regarde.

Anne se redressa. Elle savait que Juniper ne se moquait pas d'elle. Elle aurait aimé être assise de l'autre côté de la table.

— Pourquoi crois-tu qu'il me regarde ?

— Peut-être a-t-il encore besoin d'emprunter de l'argent ? dit Gena.

— Allons, il m'a remboursée.

Gena se pencha de nouveau.

— En passant, sais-tu qu'il habite le même immeuble que moi ?

— Pourquoi ne pas me l'avoir dit plus tôt ? demanda Anne en lançant sa serviette de table tamponnée à Gena.

— Parce que je ne l'ai su qu'hier.

— Et c'est maintenant que tu me le dis ?

— Hé, je ne croyais pas qu'il y avait urgence, dit Gena. Son numéro d'appartement est génial, le 1313.

Les yeux de Juniper s'arrondirent.

— Sinistre.

— Il y a pire, murmura Gena.

Anne et Juniper se penchèrent davantage vers elle. Anne espérait que ce que Gena avait à dire serait une autre de ses blagues. Elle ne pouvait concevoir qu'il y ait quelque chose qui cloche avec Éric.

— Savez-vous pourquoi il a été transféré à notre école et qu'il habite en appartement ?

Anne hocha la tête.

— Sa maison de Havre au ruisseau a brûlé... entièrement... complètement incendiée... réduite en cendres...

— Ce n'est pas sinistre, c'est plutôt triste, dit Juniper.

— Oui, mais ce n'est pas tout, sourit Gena, comme si elle connaissait tous les secrets du monde.

— J'ai entendu dire qu'il était à l'origine de l'incendie.

— Ce n'est pas vrai ! dit Anne, qui sentait la colère lui monter à la gorge.

Gena hocha la tête.

— Il a été emprisonné, pour son méfait.

Juniper rit.

— Oh, ce n'est pas vrai. Qui t'a dit ces bêtises ?

— Madame Dearborn, du 1310, dit Gena, sur la défensive.

Anne se détendit.

— N'as-tu pas déjà dit que madame Dearborn inventait des commérages à partir des feuilletons qu'elle écoutait ?

— Je crois qu'elle a raison, cette fois-ci, dit Gena.

— Gena, souviens-toi quand elle disait que ton père était un espion à la solde du gouvernement et qu'elle te demandait toujours des renseignements sur ses codes secrets lui rappela Juniper.

Juniper et Gena regardèrent toutes deux vers le plafond, les yeux de plus en plus ronds. Une ombre se dessina sur la table, et Anne sentit une présence derrière elle. Elle se retourna et vit Éric lui sourire.

— Hé, dit-il timidement.

— Hé, répondit Anne.

Un silence gênant s'ensuivit. Ils se regardèrent pendant ce qui sembla une éternité, pour Anne. Elle aurait voulu dire quelque chose, mais son esprit était complètement vide.

Au moment où Éric s'apprêtait à parler, Gena se mêla à la conversation.

— Tu as besoin de quelque chose, Éric ?

— Oui, dit-il. J'ai besoin de parler à Anne.

Anne jeta un regard vers l'autre extrémité de la table, pour voir Beth et Nicole se moquer d'elle.

Elle se retourna vers Éric et battit doucement des cils.

— Oui ?

— Bon, dit-il, mal à l'aise en regardant Juniper et Gena. Je me demandais si tu voulais venir me rejoindre après la séance d'entraînement, aujourd'hui ; nous pourrions faire nos devoirs ensemble.

Gena rit sous cape.

— Qui fait des devoirs le vendredi ?

Anne se retourna brusquement et jeta un regard menaçant à Gena, prête à l'étrangler. Une demande pour faire des devoirs ensemble, ça tenait presque du rendez-vous amoureux. Ce qu'elle espérait tant ! Si Gena gâchait tout, elle ne le lui pardonnerait jamais.

Éric piétina sur place.

Anne lui sourit. C'est tout ce qu'elle pouvait faire, pour l'instant.

— J'adorerais faire mes devoirs avec toi.

— Alors, devrais-je venir chez toi cet après-midi ? demanda-t-il alors que son sourire s'élargissait.

Une panique confuse s'empara d'elle. Elle ne croyait pas que sa mère approuverait qu'un garçon vienne à la maison, même pour faire des devoirs.

— Peut-être devrions-nous plutôt nous rencontrer au parc de la Rivière.

— Bonne idée, dit-il. J'ai vraiment besoin d'aide avec le devoir d'anglais sur *L'appel de la forêt.*

Gena intervint de nouveau.

— Peut-être est-ce parce que *L'appel de la forêt* se passe au Yukon, où il y a de la neige et de la glace.

Éric semblait déconcerté.

— Qu'est-ce que tu veux dire ?

— Ne t'intéresses-tu pas plutôt aux températures plus torrides ? demanda Gena.

Il fixa Gena du regard. Ses yeux semblaient s'assombrir. Une veine palpita dans son cou.

— Allons, allons, dit Juniper.

Il saisit les restes de son repas et se retourna vers Anne.

— Je te verrai au parc cet après-midi.

— Hé, c'était des blagues ! cria Juniper tandis qu'Éric partait en trombe.

Anne frappa sur la table à deux mains.

— Merci beaucoup !

Gena ouvrit la bouche pour parler, mais regarda du côté droit.

— Bon, nous allons avoir droit à une visite amicale des jumelles snobinardes.

Beth et Nicole se glissaient déjà le long des bancs, traînant leur plateau avec elles.

— Que désirait Éric ? demanda Beth.

Anne hésita, cherchant une réponse.

— Il avait une question à propos des devoirs.

— Bien, dit Beth. Je ne voudrais pas que tu te fasses d'idées préconçues ; que tu crois être sa petite amie…

— Pas de problème, Beth, siffla Gena. Nous savons tous que tu es la championne des idées préconçues.

— Ne recommence pas, dit Anne, se bouchant les oreilles des mains.

Elle ne pouvait croire que Gena était devenue si brave. Elle qui avait toujours été mal à l'aise en présence de Beth Wilson. Maintenant, elle ne cessait plus de la taquiner avec une remarque habile ou cruelle.

Beth retira la main droite d'Anne de sur son oreille et lui chuchota.

— Je dois partir.

Elle et Nicole se levèrent en même temps.

Nicole décocha un large sourire à Juniper.

— Toi, je *te* verrai aux auditions, demain matin.

Beth sourit tout autant à Juniper.

— Bonne chance !

CHAPITRE 4

Jouer avec le feu

L'eau de la rivière clapotait tandis qu'Anne et Éric choisissaient une table de pique-nique à proximité. Anne opta pour le côté le moins taché d'excréments d'oiseau et de ketchup et souffla sur quelques feuilles mortes. Ils s'assirent l'un contre l'autre, étalant leur devoir d'anglais côte à côte.

Anne était pétrifiée. Ses bras et ses jambes semblaient être en gélatine, et sa langue était plus lourde que son sac à dos. Elle avait déjà eu des papillons dans l'estomac, mais elle sentait cette fois que c'était plutôt une volée de chauves-souris.

Elle prit quelques bonnes inspirations et se dit :

« *Ce n'est qu'une séance de devoirs, pas un rendez-vous amoureux.* »

Éric jeta un coup d'œil à l'eau et sourit.

— Je ne peux pas croire que vous appelez ça une rivière ; c'est à peine un ruisseau.

— Elle prend de l'ampleur, en aval, dit Anne. Fais-moi confiance, tu ne peux pas t'aventurer bien loin, c'est plutôt creux, au centre. Nous nagions ici, l'été, quand j'étais petite.

— C'est un endroit agréable, dit-il.

Elle ne croyait pas qu'il était sincère.

Il se frotta les mains ensemble et chercha son stylo.

— Bon, *L'appel de la forêt*. Voyons d'abord cette question : La première fois que Buck vole un morceau de bacon, c'est un signe que…

Il leva les yeux vers Anne en quête d'une réponse.

— C'est un signe qu'il s'adapte à son environnement, dit-elle.

Il se pencha pour écrire.

— Et toi ? demanda-t-elle.

— Et moi quoi ?

Elle rit.

— T'adaptes-tu ? Aimes-tu Avery ?

— Ça va, dit-il, décidément plus intéressé par le devoir que par la conversation.

— Et les jeunes de l'école ? Beaucoup de filles te trouvent plutôt mignon.

Elle n'arrivait pas à croire que ces mots étaient sortis de sa bouche !

— Ouais, j'en ai entendu parler, dit-il sans lever les yeux.

— En fait, toute l'équipe de meneuses de claques, ajouta-t-elle en s'enfonçant davantage dans l'humiliation.

— Ouais, et Beth Wilson, dit-il sans aucune expression. Je sais.

Anne eut l'impression de recevoir un soufflet derrière la tête. Elle trouva le courage de lui demander :

— Beth te plaît-elle ?

« *S'il te plaît, dis non. Dis non. Dis non.* »

— Elle est mignonne et tout, mais je suis ici, avec toi.

Il la regarda enfin et sourit.

— Et tu es intelligente. Passons maintenant à la question suivante.

— Attends, dit Anne. Nous avons tout notre temps, pour faire le devoir. Parlemoi de Havre au ruisseau. Que faisais-tu, là-bas ? Aimais-tu ton école ? Était-ce bien différent ?

Éric tambourina sur la feuille avec son stylo et regarda aux alentours.

— Écoute, il fera bientôt nuit. Nous devrions vraiment terminer notre devoir.

Les chauves-souris d'Anne tombèrent au fond de son estomac comme du verre brisé. Ce n'était assurément pas un rendez-vous amoureux. C'était ce qu'elle s'était dit, seulement une séance de devoirs.

Elle ignorait si ça douleur transparaissait, mais Éric cessa de tambouriner avec son stylo et se détendit.

— J'étais quart-arrière, dit-il. À mon ancienne école, en fait, j'étais quart-arrière.

— Tu es quart-arrière ici aussi, dit-elle. Ça n'a rien de différent.

Il tourna la tête vers la rivière, le regard distant.

— Les choses ne sont jamais différentes. Il n'en tient qu'à toi de les différencier.

— Et c'est ce à quoi tu travailles ? demanda Anne.

Il haussa les épaules.

— Mon père aime bien que je sois le joueur étoile. Il m'a fait jouer au football dès que j'ai été assez grand pour porter le casque. Tout l'équipement était installé dans notre jardin arrière, et je devais m'entraîner chaque jour. Il avait joué à l'université, mais une blessure au genou l'a empêché de devenir professionnel. Il dit que c'est mon tour, maintenant.

Depuis les deux courtes semaines qu'elle connaissait Éric, elle ne l'avait jamais vu sous cet angle. Il avait le visage long et affaissé. Elle se demandait si cet état était dû à son père ou au football. Elle avait envie de lui poser la plus importante des questions, mais elle n'osait pas. La réponse pourrait démontrer que Gena avait tort, et l'assurer qu'Éric n'était pas un criminel. Il lui fallut tout son courage, mais elle se décida à la poser.

— Pourquoi as-tu déménagé ici ?

La question ne sembla pas l'embêter.

— Parce qu'il le fallait.

Silence. Elle attendit. C'était tout ? Il le *fallait* ?

Il recommença à faire tambouriner son stylo et à éviter son regard.

— Pourquoi ? demanda-t-elle.

— Notre maison a été incendiée.

Cela ne répondait pas tout à fait à sa question.

— Pourquoi ne pas avoir rebâti la maison ? Vous ne vouliez pas rester à Havre au ruisseau ?

— C'est compliqué, dit-il. Comme ce devoir. Prochaine question. Pourquoi Buck perturbe-t-il les opérations de l'équipe de traîneau ?

— Il voulait être le chef de l'équipe, répondit-elle. N'as-tu pas lu le livre ?

— Oui, j'ai lu le livre, dit-il, en écrivant furieusement. J'ai seulement cru que ce serait agréable pour nous de faire notre devoir ensemble.

Elle n'était pas certaine que de lui souffler les réponses soit vraiment un travail d'équipe.

Un vent du nord se leva et fit virevolter les feuilles mortes sur le sol. Quelques-unes volèrent dans l'eau et s'éloignèrent comme une flotte de petits navires. Le ciel passa du bleu au rose. Anne frotta ses bras et frissonna.

— Quand le soleil se couche, le temps se rafraîchit vite, par ici, dit-elle.

— Ouais, voilà pourquoi nous devrions nous empresser de terminer.

Il feuilleta ses documents, puis ouvrit un exemplaire du roman.

Anne éprouva du ressentiment.

— Quand même, dit-elle. J'aurais aimé avoir emporté un chandail.

— Aimerais-tu que je fasse un feu de camp ? demanda-t-il sans lever les yeux de son livre.

Des images de maison en flammes lui vinrent à l'esprit. Les pompiers. Les sirènes.

— Absolument pas !

Il leva les yeux vers elle et haussa les épaules.

— Pourquoi pas ?

— Parce que c'est dangereux ! Et que, hum, je ne crois pas que cela soit permis dans le parc.

Éric se retourna.

— Alors, que sont ces cendres, dans le cercle de pierres, là… et là… et là ? Ce n'est dangereux qu'entre de mauvaises mains.

Elle n'en croyait pas ses oreilles. Sa maison avait complètement brûlé, peut-être par sa faute, et il voulait allumer un feu ? Ses nerfs défaillirent.

Éric sortit un carton d'allumettes de sa poche arrière.

— Je… je ne crois vraiment pas que cela soit une bonne idée, bégaya-t-elle.

— Écoute, il y a suffisamment de brindilles et de feuilles mortes autour. Je peux l'allumer en deux temps, trois mouvements. Allons, ne connais-tu donc rien aux feux ?

Anne chercha une réponse appropriée.

— Ma mère évitait de me laisser regarder un feu de foyer trop longtemps, quand j'étais petite. Elle disait que si je regardais un feu, je ferais pipi au lit.

— Pardon ? dit-il en riant à gorge déployée.

— Ma mère connaît beaucoup de contes de bonne femme. Toutefois, je suis certaine qu'elle n'aimerait pas que nous allumions un feu ici.

Anne tentait le tout pour le tout, afin qu'Éric range ses allumettes.

Elle était dans tous ses états.

Il ouvrit le carton et arracha une allumette.

— S'il te plaît, non, dit-elle.

Sans un mot, il la craqua et l'entoura de sa main gauche pour la protéger du vent.

— Non ! cria Anne en la lui arrachant des mains.

L'allumette enflammée tomba sur le devoir d'Anne, et une grande flamme jaillit. Son devoir s'enroula, se tordit et brûla.

— Ne fais jamais tomber une allumette des mains de quelqu'un ! cria Éric, tandis qu'ils s'évertuaient tous deux à éteindre le feu. Anne se pencha et prit deux poignées de terre qu'elle jeta sur son devoir. Les flammes s'éteignirent d'un seul coup.

— Génial ! dit Éric en brossant la terre de la feuille de questions de son devoir.

Il soupira.

— Bon, je ne terminerai peut-être jamais ce devoir, maintenant. Et tu sais comment ça se passe, au football, Anne. Si tu échoues, tu ne joues pas. Je comptais vraiment sur toi pour m'aider, pas pour brûler les réponses.

Il enfouit ses affaires dans son sac à dos et lissa ses cheveux noirs du revers de la main.

— Oublions ça. Viens, je te reconduis chez toi.

— Ça ira, dit Anne, qui ne voulait pas prendre le risque que sa mère la voie avec un garçon. Tu peux y aller.

Non seulement elle ne voulait pas que sa mère la voie avec lui, mais elle ne voulait surtout pas qu'il aperçoive ses larmes.

— D'accord, dit-il en haussant les épaules. À lundi.

Il longea la rivière en direction de la rue.

CHAPITRE 5

Un sujet foudroyant

L e samedi, Anne fit la grasse matinée et se leva vers dix heures. Elle engloutit une poignée de céréales sèches et un peu de jus d'orange pour le petit-déjeuner, puis s'installa devant l'ordinateur pour préparer ses invitations. Elle aurait dû être heureuse, mais sa séance de devoirs avec Éric lui avait refroidi les esprits. Elle commençait même à se demander si cette fête mixte était une bonne idée. Elle serait beaucoup plus à l'aise seulement avec des filles. Par contre, toutes ses amies invitaient maintenant des garçons à leur fête, et elle ne voulait pas être différente des autres.

Elle fit défiler les cliparts à l'écran. Les dessins semblaient tous trop mignons ou trop bébés. Elle voulait quelque chose qui montrait qu'elle avait maintenant treize ans, qu'elle était une vraie adolescente. Rien ne lui parut intéressant ; elle opta donc pour un pictogramme représentant un gâteau d'anniversaire et des ballons.

Avant de fermer le programme, elle vit le dessin d'une boule de cristal. Cela lui fit penser à Juniper. Elle leva les yeux vers l'horloge. Il était presque midi, et l'audition de Juniper était terminée depuis longtemps déjà. Pourquoi ne lui avait-elle pas téléphoné pour lui apprendre la nouvelle ?

Anne composa son numéro.

— Ouais, répondit une petite voix râpeuse.

— Jonathan ? Est-ce que Juniper est là ?

— Ouais.

Anne attendit un moment que Juniper vienne à l'appareil, mais se rendit compte qu'elle entendait toujours la respiration de Jonathan dans le combiné.

— Puis-je lui parler ?

— D'accord, dit-il. Mais je ne crois pas qu'elle puisse parler normalement.

Anne regrettait maintenant d'avoir téléphoné. De toute évidence, Juniper n'avait pas décroché le premier rôle et était fort déçue. Tant pis, c'était *son* rôle à elle de remonter le moral de sa meilleure amie.

Juniper décrocha le combiné.

— A-o.

— Aïe, dit Anne. On dirait que tu arrives d'une visite chez le dentiste.

— Pire que ça, dit Juniper. Je peux à peine remuer les lèvres.

— Que s'est-il passé ?

La respiration de Juniper semblait difficile, tandis qu'elle tentait de parler.

— Quand je me suis réveillée, ce matin, j'avais la bouche couverte de feux sauvages. Mes lèvres ne sont plus que deux grosses plaies.

— Ouille, dit Anne. Ça doit être douloureux. D'où viennent-ils ? Tu n'es pas allée au soleil ?

— Ma mère dit qu'ils peuvent être occasionnés par le stress. Elle croit que c'est à cause de l'audition.

— Étais-tu vraiment si nerveuse, pour le rôle ?

Juniper expira lentement.

— Pas vraiment. Chaque année, je décroche un rôle important dans notre spectacle. Ce n'était qu'une autre audition. Ou du moins ce l'était jusqu'à ce que je me réveille, ce matin. Il est difficile de réussir une audition, avec cette tête-là.

— Bon, ne me fais pas languir. T'y es-tu présentée ? As-tu obtenu le premier rôle ? demanda Anne.

— Oui et non, dit Juniper.

Anne sautilla d'impatience.

— Qu'est-ce que tu veux dire ?

— J'ai obtenu un premier rôle, mais Nicole a décroché celui de Clara. Moi, je serai le prince Casse-Noisette.

Anne voulait dire quelque chose, mais les mots ne sortaient pas de sa gorge.

— Tu joues un rôle de garçon ? finit-elle par dire.

Juniper pouffa de rire, puis gémit faiblement.

— Oh, ça fait mal, quand je ris. Il n'y a pas tant de garçons, dans mon groupe de danse. Et la majorité d'entre eux sont plutôt jeunes. C'est un grand rôle. J'y serai aussi bonne qu'un garçon.

— Et que feras-tu de ta grosse crinière ? demanda Anne.

— Je cacherai mes cheveux sous un chapeau.

Anne fit une pause, ne sachant trop quoi dire.

— Bon… Félicitations…, j'imagine.

Juniper pouffa de rire et se lamenta de nouveau.

— S'il te plaît, ne me fais pas rire. Bon, et toi ? Me diras-tu comment s'est déroulé ton rendez-vous avec Éric ?

Anne aurait dû s'attendre à cette question, mais elle ne s'y était pas préparée. Elle ne voulait pas du tout en parler.

Cependant, elle était au téléphone avec Juniper et elle savait qu'elle devait lui dire quelque chose. Elle décida de tout lui révéler.

— Gena avait raison, dit-elle.

— Raison ? demanda Juniper, dont les mots étaient toujours étouffés.

— Au sujet d'Éric. Sa maison a vraiment été incendiée.

— Crois-tu que ce soit sa faute ? demanda Juniper.

Anne réfléchit un moment. Elle ne voulait pas y croire. Pourtant, après l'épisode des allumettes, elle ne savait plus quoi penser.

— Il est bien gentil. Je ne crois pas qu'il pourrait faire une telle chose.

— L'aimes-tu toujours ? Le revois-tu bientôt ?

— Il ne m'a pas réinvitée, dit Anne. Nous verrons bien.

— Bon, n'oublie pas, dit Juniper. Ton « allumeur » embrase aussi le cœur de Beth. Nicole m'a dit que Beth prévoyait lui faire des avances à l'occasion de ta fête.

— Peut-être ne devrais-je pas l'inviter, dit Anne.

— Tu l'inviteras, marmonna Juniper. Vous étiez de bonnes amies, jusqu'à maintenant. Souviens-toi que ce n'est que moi et Gena qu'elle déteste.

Anne soupira.

— Il semble que mon nom a été ajouté sur sa liste d'ennemis.

— Et cette liste s'allonge chaque jour ! dit Juniper. Bon, je dois y aller. Parler me fait trop mal.

— Nous n'irons donc pas au cinéma, cet après-midi ?

Anne était persuadée que Juniper refuserait, ce qu'elle espérait maintenant. Les gens vont au cinéma pour s'amuser. Elle n'était pas d'humeur à s'amuser. De plus, elle devait réécrire son devoir incendié.

— Je ne peux pas sortir, Anne. Personne ne doit me voir ainsi. J'ai l'air malade ! Et tu devrais voir cette crème blanchâtre que ma mère m'applique. J'ai l'air d'une lépreuse enragée ! Peut-être n'irai-je même pas à l'école, lundi.

— D'accord, dit Anne. Repose-toi bien.

— Anne, dit Juniper rapidement. Si toi et Gena voulez toujours y aller, je n'en serai pas vexée.

— Non, dit Anne. J'ai encore mes invitations à préparer. Désolée de t'avoir tenue si longtemps au téléphone malgré la douleur.

— Ouais, ces plaies me brûlent vraiment. Après avoir raccroché, je n'ouvre plus la bouche jusqu'au déjeuner…, que je prendrai avec une paille !

Anne pouffa de rire et raccrocha. Pauvre Juniper. Il n'y a rien de plus douloureux que des feux sauvages. Anne songea à ceux qu'elle avait eus par le passé. Comme si quelqu'un lui avait allumé une allumette en plein visage. Elle se couvrit la bouche d'une main et songea à Éric Quinn.

CHAPITRE 6

Le patron

Le lundi après-midi, Anne, Juniper et Gena se rencontrèrent sous le grand magnolia près du terrain de football. Bien que l'automne soit arrivé, l'air était chaud et humide ; c'était étouffant.

— N'as-tu pas une séance d'entraînement ? demanda Gena à Anne en indiquant de la tête les autres meneuses de claques, qui se rassemblaient près du terrain.

Anne leur jeta un regard, puis se retourna vers Gena.

— Elles ne font que bavarder, pour l'instant. Elles me feront signe, le temps venu.

Juniper ne dit rien. Elle était parvenue à aller à l'école, ce jour-là, mais Anne avait pitié d'elle. Elle n'avait jamais rien vu de si dégoûtant. Les lèvres enflées de Juniper étaient rouge-mauve, avec des marques et des plaies. Elle semblait avoir embrassé un nid de guêpes. De plus, le menthol de son baume à lèvres sentait la salle d'urgence d'un hôpital.

Anne était heureuse que personne ne se soit moqué de Juniper. Dans les quatre cours qu'elles avaient ensemble, les jeunes avaient eu un mouvement de recul et lui avaient offert leurs sympathies… de loin. Tous, sauf Beth Wilson, évidemment. Beth avait murmuré que Juniper avait peut-être attrapé une rare forme de putréfaction tropicale en embrassant un garçon infecté.

— Aimerais-tu vérifier plus tard par le tarot ce qui peut avoir causé cela ? lui demanda Anne.

Juniper regarda Anne avec des yeux ronds et sans espoir. Elle hocha la tête.

— Nous pourrions vérifier ton horoscope, dit Anne. Cela disparaîtra peut-être cette nuit.

Juniper hocha de nouveau la tête en fixant le sol.

Gena s'avança.

— Anne et moi pourrions faire gonfler nos lèvres avec des élastiques. Ainsi, nous pourrions être le Club des pulpeuses de bonne aventure.

Juniper sourit, mais se cacha rapidement la bouche de douleur.

— Ne préférerais-tu pas rentrer et t'étendre ? lui demanda Anne. Tu sembles misérable.

Juniper hocha de nouveau la tête.

— Je souffrirais tout autant, dit-elle par la fente de ses lèvres. Gena et moi ferons notre devoir d'espagnol. Comment dis-tu « pulpeuse », en espagnol ?

— Ou « poisseuse », ajouta Gena. Qu'est-ce que ce truc, sur tes lèvres ?

— De l'aloès, entre autres, dit Juniper. Ma mère affirme que c'est le meilleur remède.

Anne pouffa de rire.

— Ma mère a un autre remède, mais tu ne veux pas le connaître.

— Je suis prête à tout essayer, dit Juniper.

Anne hocha la tête.

— Pas ça.

— Allons, insista Gena. Qu'est-ce que c'est ?

— Ton propre cérumen.

— Beurk ! dit Juniper en se tenant l'estomac, tandis que Gena faisait semblant de vomir.

Anne rit.

— Je vous avais averties ! Certains des remèdes de grand-mère de ma mère sont plutôt bizarres.

— Ça aurait pu être pire, dit Gena. Elle aurait pu suggérer de la morve.

Juniper émit un ricanement douloureux.

— Dégueulasse !

Anne vit les joueurs de football s'élancer sur le terrain et sut qu'il était temps d'y aller.

— Prends soin de toi, dit-elle en se dépêchant.

Elle alla rejoindre les autres meneuses de claques, qui parlaient des activités du week-end précédent. Suzanne, la capitaine de l'équipe, en deuxième année du secondaire, les rassembla.

— Il y a beaucoup à faire, aujourd'hui.

Quand elles se dispersèrent, Anne regarda en direction d'Éric. Son maillot bleu jurait avec le rose enflammé de ses joues. Tandis qu'il effectuait une passe à l'entraîneur, il se tourna vers elle et lui sourit. Son cœur se mit à battre la chamade.

Les filles s'exercèrent à leurs programmes et s'entraidèrent avec leurs sauts acrobatiques. Anne surveillait le terrain du coin de l'œil. À l'occasion, son regard croisait celui d'Éric, et il lui décochait un demi-sourire, tandis qu'elle lui adressait un léger signe de la main.

Peut-être avait-elle eu une mauvaise impression, vendredi. Peut-être était-ce davantage qu'une séance de devoirs ? Elle aurait voulu danser dans les gradins !

Les meneuses de claques s'exercèrent à faire la pyramide et les lancers, tandis que les joueurs de football se sont entraînés à faire des passes, des bottés et des tacles. Une séance d'entraînement typique, quoi, jusqu'à ce qu'un drôle de bonhomme vienne s'asseoir dans les gradins. Il mit ses coudes sur ses genoux et fixa le terrain intensément. Anne ne l'avait jamais remarqué avant, mais il semblait grand et fort, avec son polo vert et son pantalon kaki. Ses doigts étaient gras et trapus comme de petites saucisses. Occasionnellement, il les passait dans ses cheveux clairsemés.

Gena courut taper sur l'épaule d'Anne.

— Hé, murmura-t-elle.

— Nous sommes actuellement à l'entraînement, interrompit Beth. Ne nous déconcentre pas.

Gena fit un pas vers l'arrière avant de répliquer :

— Qui t'a promue ?

Suzanne intervint.

— Elle a raison. Ne peux-tu pas attendre que nous ayons terminé ?

— Je voulais seulement dire quelque chose, dit Gena. Ça ne prendra qu'une seconde.

Anne était mal à l'aise de toute cette situation et souhaitait simplement que Gena s'en aille.

Gena ouvrit la bouche pour parler, mais figea. Elle regarda en direction des autres meneuses de claques. Elles étaient toutes debout comme des statues, les mains sur les hanches ou les bras croisés, à attendre de savoir ce qui était si urgent. Gena leur décocha un sourire coupable avant de murmurer à l'oreille d'Anne.

— Tu vois cet homme, là-bas, dans les gradins ?

Anne acquiesça.

— C'est ton futur beau-père.

— Pardon ? dit Anne.

— C'est le père d'Éric.

Gena repartit au petit trot vers le magnolia, se retournant pour sourire.

Anne se pencha pour regarder l'homme derrière les autres meneuses de claques, qui la fixaient toujours. Il frappait dans ses mains et criait.

— Bravo, garçon ! Attention à ta gauche !

— La séance d'entraînement n'est pas terminée, dit Suzanne.

Anne reprit place dans la formation.

— Je suis désolée, dit-elle. Quel programme nous apprêtions-nous à effectuer ?

Suzanne cria :

— Les Oranges de la Californie ! À vos marques ! Prêtes ! Partez !

Les Oranges de la Californie, les Cactus du Texas,
Votre équipe n'est pas prête, hélas !
Retournez manger vos croûtes,
Nous vous mettrons en déroute !

* * *

Apparemment, peu importe la puissance du cri des meneuses de claques, monsieur Quinn hurlait plus fort.

— Éric, reste en position ! Vite, lance le ballon ! Tu avais un joueur tout prêt, au fond du terrain !

Éric ne souriait plus et ne jouait plus comme une étoile. Il n'y avait rien de surprenant. L'homme était désagréable. Même les entraîneurs le regardaient de travers. L'attitude décontractée d'Éric s'était envolée. Anne ne voyait maintenant qu'un enfant tentant de jouer de son mieux. Elle se demandait pourquoi l'homme se donnait la peine de vociférer toutes ces directives. Il aurait été plus simple de crier à Éric qu'il faisait tout de travers !

Elle évita de regarder en direction d'Éric. Elle détestait le voir se démener ainsi.

Elles poursuivirent leur séance d'entraînement en dépit du sifflet des entraîneurs, des cris de monsieur Quinn et du bruit des épaulières qui s'entrechoquaient. Puis, ce fut l'heure de la pause.

Anne but avidement l'eau de sa bouteille. Cela lui rafraîchit le visage et le cou. Elle s'épongea le visage avec une serviette et s'approcha doucement des gradins. Monsieur Quinn se tenait maintenant au bord du terrain et pointait Éric avec son doigt trapu.

— Reprends le contrôle, garçon ! Reprends le contrôle ! s'époumonait-il.

Beth flâna à proximité.

— Regarde-moi cet homme ? Quel est son problème ?

Anne se demandait la même chose. Pendant toutes ses années de gymnastique et de meneuse de claque, ses parents l'avaient toujours soutenue et encouragée. Elle n'aurait pas supporté ce genre de pression. Comment Éric y parvenait-il ?

— Il est un peu insistant, dit-elle.

— Un peu insistant ? dit Beth en levant les yeux au ciel. Cet homme est un tortionnaire cruel et vicieux !

Elle prit une petite gorgée d'eau.

— C'est réglé, dit-elle. Quand Éric et moi irons à la danse de première année du secondaire, je demanderai à mes parents de nous y conduire. Je ne pourrais pas tenir deux minutes en voiture avec cet homme.

« *C'est tout à fait elle*, songea Anne. *Beth ne pensait qu'à elle, et non pas à Éric.* »

Anne s'assit au bord des gradins. Même son short de lourd coton de meneuse de claque n'empêchait pas le métal chauffé par le soleil de lui brûler les fesses. Elle se leva d'un bond et étendit sa serviette sur le siège. Elle prit encore une gorgée d'eau et la fit tourner dans sa bouche un instant, avant de l'avaler. Elle jeta un œil à la mêlée sur le terrain.

Les garçons grognaient et gémissaient en se bousculant violemment. Des taches sombres de sueur marquaient leur maillot. Le visage de monsieur Quinn était cramoisi, à force de crier, mais il ne semblait pas importuné par la chaleur.

— Éric ! hurla-t-il. Attention au fouetté du poignet, pour ne pas te blesser ! Veux-tu te brûler avant même d'atteindre le collégial ?

Éric retira son casque. Il fit volte-face pour faire face à son père.

Tout le monde s'arrêta. Anne attendit qu'il dise quelque chose, mais le silence dura. Le silence était suffisamment éloquent. Éric lança son casque sur le sol et se dirigea vers l'école en traversant les portes entre le gymnase et la bibliothèque. Tous le regardaient, stupéfaits.

La tension était à couper au couteau, puis il y eut un grand malaise. Même les entraîneurs évitaient de regarder directement qui que ce soit. Le calme martela les oreilles d'Anne. Elle aurait voulu que quelqu'un dise quelque chose… n'importe quoi ! Puis, le silence fut brisé lorsque Gena et Juniper arrivèrent en courant.

— Au feu ! Au feu ! Au feu !

CHAPITRE 7

Parti en fumée

Gena et Juniper se précipitèrent vers le terrain, Gena hurlant et Juniper battant des bras. Tout le monde se retourna vers l'école. Beth regarda fixement comme un zombie. Les autres meneuses de claques hurlèrent.

Des colonnes de fumée noire s'échappaient des fenêtres de la bibliothèque de l'école. La fumée s'élevait comme un sombre spectre, s'étendant sur tout le territoire. Un grand fracas retentit de l'intérieur, puis les flammes jaillirent tout autour.

— Éric ! hurla son père en se précipitant vers l'école.

Deux entraîneurs l'attrapèrent et le retinrent.

— Laissez-moi ! Mon fils !

Il se débattit, les bouscula et se tortilla en tentant de se libérer de leur étreinte.

— Il est au gymnase, dit l'un d'eux. Ça ira.

Brusquement, monsieur Quinn se défit de leur étreinte.

— Bon alors, ne restez pas plantés là, et faites le 911 !

Anne était debout à côté de Juniper et de Gena, en attente de directives. La fumée avait envahi le terrain comme un brouillard sombre. Des morceaux de papier et des cendres jonchaient le sol. Elle n'avait jamais rien vu de pareil. Hypnotisée, elle regarda le feu faire éclater les vitres des fenêtres. Son cœur battait au rythme des flammes. Puis, il lui vint à l'esprit qu'il y avait peut-être quelqu'un à la bibliothèque. Elle repoussa cette pensée. De toute évidence, on aurait entendu des cris.

L'un des entraîneurs souffla dans son sifflet.

— Mettez-vous en rang !

Sans aucune hésitation, les jeunes obéirent aux ordres. Toutefois, la file était bruyante et chaotique, et l'entraîneur dut siffler quatre autres fois, avant que tout le monde soit amené à bonne distance de l'école.

Anne regarda le feu brûler tandis que des sirènes se faisaient entendre au loin. Elle songea à la fois où le Club des diseuses de bonne aventure avait essayé les bougies de visualisation. La petite flamme de la bougie était immobile et calme. Ces flammes-là étaient des monstres féroces qui dévoraient tout sur leur passage.

— Je veux rentrer chez moi, dit Gena alors que les pompiers arrivaient.

Juniper toussa fort. Anne aurait juré avoir vu de la fumée s'échapper de sa bouche.

— Ça va ? demanda-t-elle à Juniper.

— Non, je veux rentrer à la maison, dit Gena.

Anne regarda fixement Gena.

— Ce n'est pas à toi que je m'adresse. Je parle à Juniper.

— Je sais, dit Gena. Mais je veux tout de même rentrer. Pas toi ?

Juniper toussa de nouveau.

— J'ai soif, dit-elle. Allons boire une boisson gazeuse, avant que je ne m'étouffe.

Anne s'agita en regardant les gros jets d'eau arroser le feu.

— Je ne crois pas que l'on puisse partir.

— Crois-moi, dit Gena. Nous ne leur manquerons pas.

— Mais je dois aller au vestiaire chercher mon sac à dos.

Juniper fit un drôle de bruit étouffé en tentant de pouffer de rire. Gena leva les yeux au ciel.

— Crois-tu vraiment qu'ils te laisseront entrer dans l'école, en ce moment ? Oublie ton sac à dos.

Anne regarda le sol, puis ses amies.

— Peut-être devrais-je le demander à Suzanne. Après tout, elle est la capitaine des meneuses de claques.

Anne ne voulait pas admettre la vérité. Comme la plupart des autres élèves attroupés au fond du parc de stationnement, elle était fascinée par ce qui se passait. La bibliothèque de l'école ne brûlait pas tous les jours. Et ils n'étaient pas les seuls badauds. Les voisins de l'école s'étaient aussi attroupés dans le parc de stationnement pour voir ce qui se passait. Pourquoi Gena et Juniper voulaient-elles partir ?

Juniper toussa de nouveau, et Gena lui tapa dans le dos.

— Retournons à mon appartement. Tu viens avec nous ?

Anne regarda les autres meneuses de claques, regroupées ensemble et geignardes.

— Non, je devrais rester. Je viendrai plus tard.

Juniper et Gena zigzaguèrent à travers la foule et disparurent. Anne alla rejoindre son équipe.

— N'as-tu pas peur ? demanda Beth.

— Oui, répondit Anne, ne sachant trop de quoi elle devait avoir peur.

Des larmes roulèrent sur les joues de Beth en faisant couler son mascara bon marché.

— Il pourrait être là inconscient, au moment où l'on se parle.

— Éric ? demanda Anne.

— Bien sûr, Éric. Les flammes sont apparues quelques instants après qu'il soit entré dans l'école. Et s'il était pris au piège ? Ou blessé ? Ou…

Elle baissa la tête dans ses mains et éclata en sanglots.

Anne mit la main sur l'épaule de Beth.

— N'as-tu pas entendu l'entraîneur dire qu'il était en sécurité ? Il est allé dans le gymnase.

— Ne sois pas idiote, Anne, dit Beth. Il a simplement dit cela pour que le père d'Éric n'aille pas se faire tuer pour rien.

Comment les entraîneurs pourraient-ils savoir où Éric est allé ?

— Mais Éric ne serait pas allé dans la bibliothèque.

— Ça ne te dérange pas ? demanda Beth.

— Oui, dit Anne en sentant la colère monter, mais je suis aussi réaliste. Il est inutile de pleurer tant qu'il n'y a pas de raison de le faire. Tu devrais plutôt te préoccuper de qui se trouvait dans la bibliothèque au moment où le feu a éclaté. D'autres élèves auraient pu y être pour étudier.

— Oh, tu n'y comprends rien, est-ce que je me trompe, Anne ? dit Beth en s'éloignant tout en écrasant accidentellement le pied d'Anne avec son talon.

« *Oui, je comprends*, songea Anne. *Tu as peur de n'avoir personne pour t'accompagner à la danse de première année du secondaire.* »

Anne resta en place un moment à regarder la fumée s'échapper de la bibliothèque. Elle avait maintenant la texture d'une brume grisâtre, indiquant la fin des flammes. La bibliothèque, ou plutôt ce qu'il en restait, était un fouillis carbonisé suintant une eau noire — un peu comme les plaies de Juniper. Le mur du fond s'était effondré. Des meubles, des tablettes et des ordinateurs noircis…, voilà tout ce qu'il en restait. On les reconnaissait à peine. Des morceaux de papier provenant de centaines de livres volaient toujours dans les airs. Anne était contente d'être restée. Elle pouvait voir le mur entre la bibliothèque et le reste de l'école. Intact.

« *Comme par miracle* », songea-t-elle.

Les élèves n'attendirent pas d'autres directives. Quand le spectacle fut terminé, ils se dispersèrent, évitant le terrain boueux et les véhicules d'urgence. Anne enfourcha son vélo et se dirigea vers l'appartement de Gena. De la fumée blanche suivit.

La balade lui fit du bien. Elle eut le temps de réfléchir. Tout était survenu si rapidement. Presque en un éclair.

Tandis qu'elle se dirigeait vers les immenses grilles du complexe immobilier, elle pensait prendre la gauche et pédaler par-delà la fontaine pour se garer près de la porte de chez Gena, mais elle vira à droite en quête de l'appartement 1313. La scène de pleurs de Beth à l'école lui revint en mémoire, et elle crut qu'il serait bon de s'assurer qu'Éric allait effectivement bien, même si pour cela elle devait s'aventurer à l'autre extrémité du complexe.

L'allée serpentait de droite à gauche, et Anne traversa un labyrinthe.

1310… 1312… Elle commençait à croire que le 1313 n'existait pas. Elle tourna le coin et aperçut une petite buanderie, et là, juste de l'autre côté, se trouvaient les escaliers qui montaient jusque chez Éric.

Elle avança vers la porte d'entrée sur la pointe des pieds, son discours tout prêt. Elle n'avait aucune raison d'être gênée ou nerveuse. Elle avait bien le droit de venir voir si Éric allait bien. Ce serait la bonne chose à faire. Toutefois, les rideaux étaient grands ouverts, tandis qu'elle approchait de l'appartement, et elle trouva que l'intérieur semblait sombre et vide. Elle fut envahie par un étrange sentiment, et elle redescendit en vitesse les escaliers avant qu'ils ne reviennent et la surprennent à espionner par la fenêtre.

Elle cessa de respirer jusqu'à ce qu'elle soit sécurité devant la porte de chez Gena.

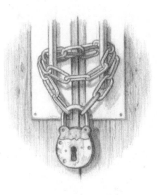

CHAPITRE 8

Un congé imprévu

– As-tu entendu ? dit Gena, tirant Anne dans l'appartement par le bras.

— Le feu fait la une des bulletins d'informations sur toutes les chaînes ! Devine quoi… L'école sera fermée, demain !

Gena fit quelques pas de danse dans la pièce, en faisant tournoyer ses bras et en se déhanchant.

Anne regarda Juniper, qui hocha la tête et haussa les épaules.

— Gena aime célébrer les malheurs.

— Je ne célèbre pas le feu, dit Gena. Je célèbre le congé. Je n'ai pas à faire ce devoir de science avant demain soir. Hourra !

Anne ignora les frétillements de Gena.

— Ont-ils dit au bulletin d'informations s'il y avait eu des blessés ?

— Aucun, répondit Juniper. Madame Thompson avait verrouillé la porte de la bibliothèque et était partie. De plus, le feu ne s'est pas répandu. De la fumée a envahi le corridor, mais c'est tout.

Les paroles de Juniper tombèrent lorsqu'Anne remarqua quelque chose d'étrange.

— Hé, Juniper, tu parles normalement. Tu ouvres la bouche comme avant.

— Je sais, dit Juniper. C'est bizarre. Les plaies ne font plus mal. Dès que je me suis éloignée de la fumée de l'école, la douleur a disparu.

— Elles ont meilleure allure, aussi, ajouta Anne. Les as-tu regardées dans le miroir ?

Gena fit un petit mouvement de danse devant elles.

— Et elle n'a même pas utilisé de cérumen. Mais elle a raison, Juniper. Elles ont davantage l'air de cicatrices rosâtres que d'ulcères suppurants.

— Beurk, dirent ensemble Anne et Juniper.

— Merci pour la description imagée, dit Anne en se tenant l'estomac.

— Tu trouves *ça* dégueulasse, demanda Gena. Te souviens-tu de quoi elle avait l'air, il y a une heure ?

— Tout de même, dit Anne. Suis-je la seule à trouver étrange que tes feux sauvages aient guéri si rapidement ?

Juniper leur jeta un regard absent.

— C'est comme si la fumée les avait fait disparaître.

— Ou l'eau des tuyaux d'incendie, ajouta Gena.

— Comment l'eau des tuyaux d'incendie aurait-elle pu guérir ses feux sauvages ? s'enquit Anne, qui se demandait pourquoi elle se laissait toujours embobiner par les remarques idiotes de Gena.

Gena sourit à pleines dents.

— Tu connais le pouvoir de la suggestion.

— Elle a peut-être raison, dit Juniper. Les plaies n'étaient pas seulement douloureuses dans ma bouche, c'est tout mon corps qui souffrait. Durant le feu, j'avais trop peur, mais une fois les pompiers arrivés, on aurait dit que le feu en moi s'éteignait également. Tout a été drainé. Y comprenez-vous quelque chose ?

— Non, dit Anne. Mais si toi, tu te comprends, c'est ce qui importe.

Gena tapa des mains et bondit.

— Et prenez les choses du bon côté, tu auras toute la journée de demain pour bien guérir !

Et elle recommença à danser de façon rigolote.

Anne et Juniper se regardèrent pendant un instant. Le silence se fit. Puis, une autre question vint à l'esprit d'Anne.

— Ont-ils dit quelle était l'origine de l'incendie ?

— C'est évident, dit Gena, sautillant partout.

— Arrête, veux-tu ? dit Anne en attrapant Gena par le bras pour l'immobiliser. C'est agaçant.

— Ouais, ça me tombe aussi sur les nerfs, dit Juniper. Qu'est-ce qui est si évident ?

Gena fronça un sourcil et leur lança un regard inquisiteur.

— Qui est passé près de la bibliothèque juste avant qu'elle ne s'envole en fumée ?

— Tu crois que c'est Éric ? demanda Juniper.

Anne eut l'impression de s'effondrer intérieurement. Comment Éric aurait-il pu faire cela ? La bibliothèque était fermée à clé. Il n'aurait pas pu, à moins d'avoir lancé une allumette par la fenêtre. C'était impossible. Elle repensa à sa séance de devoirs avec lui et son insistance pour allumer un feu de camp. Il avait l'air d'aimer le feu, d'une manière anormale.

Elle chassa cette idée de son esprit.

— Ce n'est pas lui qui a fait ça.

— Comment le sais-tu ? demanda Gena.

— Il n'aurait pas pu, dit Anne. Nous l'aurions vu. Tout le monde le regardait, lorsqu'il est entré dans l'école.

— C'est vrai, mais tu ne pouvais plus le voir, une fois qu'il était à l'intérieur.

— C'est ridicule, dit Juniper. Pourquoi aurait-il mis le feu à la bibliothèque ?

Gena sourit d'un air narquois.

— Pourquoi aurait-il mis le feu à sa maison ?

— Nous ne savons pas si cela s'est vraiment produit, dit Anne sur la défensive.

— Ouais, dit Gena en hochant la tête. Je crois qu'il ira en prison pour ce méfait-là également.

Anne sentit qu'elle défaillait. Gena ne pouvait pas avoir raison.

— Alors, tu crois que ta voisine dérangée disait la vérité ?

— Personne ne peut tout le temps avoir tort.

Juniper rit.

— Oui, c'est possible. Tu en es la preuve vivante !

Anne soupira de soulagement tandis que Juniper tournait la situation au ridicule. Voilà tout, ce n'était qu'une blague monumentale.

— Alors ? dit Juniper. Devrions-nous organiser une rencontre officielle du Club des diseuses de bonne aventure ? Je crois qu'il nous faut faire la lumière sur cette situation.

— Je le crois aussi, acquiesça Anne.

* * *

— Bon, quel instrument de divination utiliserons-nous ? demanda Gena après que les filles se furent retirées dans sa chambre.

Elle prit une boîte de carton bleu nuit décorée de lunes et d'étoiles argentées.

— Les cartes de tarot, les dés, la planche de Ouija ? J'ai même un de ces poissons de cellophane qui se tortillent dans le creux de la main.

— Ça, dit Juniper, c'est pour révéler ton humeur. Je n'ai pas besoin d'un poisson pour me dire que tu te sens actuellement bien idiote.

— Je n'y peux rien, dit Gena. Les congés scolaires imprévus ont cet effet sur moi.

— Il ne s'agit pas d'un congé ! répliqua Anne. En fait, c'est plutôt un pas en arrière. De toute façon, ils ajouteront probablement une journée supplémentaire à la fin de l'année, pour compenser.

Gena se tint la poitrine comme si Anne l'avait mortellement blessée.

— Pourquoi dois-tu toujours me ramener les pieds sur terre ?

Anne jeta un regard à Juniper.

— Qu'en penses-tu ? Quel est le meilleur moyen de prédire, cette fois-ci ?

Juniper regarda dans le vide en réfléchissant. Anne n'arrivait toujours pas à croire que ses feux sauvages guérissaient à vue d'œil.

— Range ces trucs, dit Juniper. J'ai une meilleure idée.

Anne attendit que Juniper prenne place en s'assoyant en tailleur.

— Je crois que nous devrions consulter les cendres.

— Quelles cendres ? demanda Gena, joignant les autres dans le cercle.

— Les cendres de l'incendie. La vérité s'y trouve…, parmi les cendres.

— Il y avait beaucoup de voitures de patrouille, dit Anne, se sentant intimidée et mal à l'aise à cette idée. Je ne crois pas qu'ils nous laisseront faire.

— Nous n'irons pas ce soir, lui assura Juniper. Nous attendrons tard demain, alors qu'il n'y aura plus personne. Ce sera parfait.

— Es-tu certaine que cela sera approprié ? demanda Gena. Je veux dire crois-tu vraiment avoir raison ?

Juniper sourit.

— Personne ne peut tout le temps avoir tort.

CHAPITRE 9

La séance

Anne n'était toujours pas convaincue que c'était une bonne idée. Le soleil n'était plus qu'une guimauve rosâtre qui disparaissait à l'horizon, pendant que le Club des diseuses de bonne aventure pédalait à vélo vers l'école.

— Et si les policiers encerclent l'école ? cria Anne pour se faire entendre malgré le grincement de la chaîne de son vélo.

— Nous les verrons avant qu'ils nous voient, lui assura Juniper. Nous ne serons pas arrêtées par la police et ne ferons rien de stupide.

— Ouais, ajouta Gena. Manipuler les cendres d'une bibliothèque incendiée et condamnée n'est pas du tout stupide.

Juniper lui jeta un regard. Miraculeusement, ses feux sauvages avaient complètement disparu. Il ne restait même pas de rougeurs.

L'après-midi de fin septembre était chaud, mais Anne ressentait tout de même des frissons. À vélo, elle était caressée par une brise silencieuse agréable, mais celle-ci l'engourdissait comme de la glace. Plus elles s'approchaient de l'école, plus elle frissonnait. Elle était certaine que cela n'avait rien à voir avec la température ambiante.

Elles passèrent entre deux maisons non clôturées pour arriver juste derrière le terrain de football. Elles s'arrêtèrent

brusquement quand elles purent apercevoir l'arrière de l'école.

— Voyez-vous quelqu'un ? demanda
Juniper.

— Non, dirent Anne et Gena à l'unisson.

— Mais je ne foncerai pas vers l'école,
dit Gena.

Elles firent le tour du terrain de football en marchant avec leur vélo, plutôt
que de traverser le terrain en son centre.
Plus elles s'approchaient, plus elles
avançaient lentement.

— Beurk, dit Gena en plissant le nez,
ça pue encore.

Elles s'arrêtèrent au bout des gradins.
Anne regarda le gâchis carbonisé, inca-
pable de se faire à l'idée que la veille
encore, il s'agissait de la bibliothèque de
l'école. À côté du mur arrière, l'interdic-
tion d'entrer n'était marquée que par les
rubans jaunes que les policiers avaient
placés autour de la zone dévastée. Des
cônes orange marquaient les coins, et les
trois côtés enrubannés étaient flanqués de
barricades de bois rayées rouge et blanc.

Les enseignes affichées sur les barricades indiquaient : *Danger. Défense d'entrer !*

— Il y a un bon côté à cette histoire, dit Gena.

Anne ne pouvait quitter la scène des yeux.

— Je ne vois pas de quel côté il s'agit.

— Nous n'aurons plus de travaux de recherche à faire, lança Gena, fière d'elle.

— Premièrement, lui rappela Anne, les enseignants autorisent la recherche sur Internet.

Gena s'effondra.

— www.perdre-la-vue-devant-l'ordinateur.com.

— Deuxièmement, poursuivit Anne. Il y a une bibliothèque municipale.

— Ouais, dit Juniper. Et je sais combien la bibliothèque municipale te plaît.

Gena se prit la gorge à deux mains et fit semblant de s'étouffer.

— Tous ces gamins turbulents avec les doigts dans le nez et qui mâchonnent les livres. Mon endroit préféré !

Évidemment, Anne n'admettrait jamais que c'était l'un de ses endroits préférés.

Elle adorait la lecture. Elle était attristée que certains de ses ouvrages préférés aient disparu la veille, dans l'incendie.

Juniper posa son vélo et regarda de chaque côté, comme un gamin en fuite.

— Tu n'as pas le droit d'y aller ! chuchota Anne.

— Ouais, dit Gena sans prendre la peine de baisser la voix. Ne sais-tu pas lire ? C'est écrit *D-A-N-G-E-R*.

Juniper les regarda, les sourcils froncés.

— Je ne crois pas que nous ayons besoin d'entrer. Regardez toute cette cendre au-delà du ruban. Voilà ce que nous utiliserons.

Anne était toujours déconcertée par la consultation des cendres et des tisons. Était-ce comme lire les formes des nuages dans le ciel ?

— Alors, qu'allons-nous faire ?

Juniper ne répondit pas. Elle était déjà à proximité de la bibliothèque. Elle fit signe aux filles de s'approcher. Anne mit sa béquille, tandis que Gena appuya son vélo contre les gradins. Elles avancèrent ensuite discrètement vers Juniper. Anne sentit un nouveau frisson la parcourir.

Elles s'accroupirent pour regarder un tas de cendres au-delà du ruban. On aurait dit une main noircie avec des doigts gris recourbés.

— Voilà le meilleur endroit pour faire une interprétation, puisqu'il est à l'est, dit Juniper.

— En quoi cela importe-t-il ? demanda Anne.

Juniper leva les yeux vers elle. Anne vit bien qu'elle cherchait une réponse. Puis, Juniper répondit :

— Je n'en suis pas sûre, mais je sais que l'est est une direction spirituelle.

Anne se contenta de cette réponse.

— Je me demande comment l'incendie a provoqué cet amas ? dit Gena. Il ne ressemble pas au reste des cendres. Il semble plus foncé.

— C'est étrange, dit Juniper. Voilà pourquoi je crois que nous y découvrirons l'origine du brasier.

Les filles entendirent un bruit, et toutes trois sursautèrent. Ce n'était qu'un écureuil qui s'enfuyait vers l'un des gros arbres.

— Bon, suis-je la seule à avoir besoin de changer de sous-vêtements ? dit Gena en rigolant.

— Nous sommes toutes nerveuses, dit Anne. Finissons notre lecture. Que cherchons-nous, au juste ?

— Pourquoi ne pas le regarder fixement pendant un moment, puis partager nos impressions ? suggéra Juniper.

Anne et Gena acquiescèrent. Anne se concentra sur l'amoncellement. Cela ressemblait à une croûte noircie. Cela lui rappela la fois où sa mère avait oublié des tartes au four. Quand elle les avait finalement sorties, un rond noir entourait la meringue gris foncé. La croûte brûlée dépassait de l'assiette à tarte et s'était fracassée en petits morceaux, qui s'étaient éparpillés sur le sol comme des grains de poivre. Mais cette situation était beaucoup plus sérieuse que des tartes brûlées.

— Cette grande section n'a-t-elle pas l'air d'un pont ? demanda Juniper. Regardez. La partie noire est un coude et il y a un peu d'espace entre elle et les cendres grises.

Anne pencha la tête de côté pour tenter de le visualiser.

— Cela a en effet l'air d'un pont.

— Un pont vers quoi ? demanda Gena.

Juniper les regarda avec les yeux plissés.

— *Vers* quoi ? Ou *en provenance* de quoi ? Peut-être ce pont représente-t-il un passage pour quelqu'un.

Anne tenta de s'imaginer qui pouvait bien franchir ce pont. Il existe plusieurs sortes de ponts, mais ils ont tous quelque chose en commun. Les ponts relient des entités. Que ce soit une entrée ou une sortie, le pont est toujours un lien. Par contre, Anne ignorait ce qu'il pouvait bien rapprocher et, plus encore, qui il pouvait relier.

— Quelles sont ces lignes de cendre qui en sortent ? demanda Gena. Que peuvent-elles bien signifier ?

— Des routes, dit Anne. Je crois que ce sont des routes.

Gena s'assit sur ses talons et soupira.

— Bon, ce n'est plus vraiment de la divination, c'est plutôt de la cartographie, n'est-ce pas ?

Juniper s'appuya les coudes sur les genoux.

— Toute divination tient de la cartographie, quand on y pense.

— Je préférerais ne pas y penser, dit Gena. Concentrons-nous, plutôt. Où peuvent bien aller ces routes ?

Anne respira profondément. Elle comptait bien s'y donner à fond.

— Voyez comme il y en a plusieurs qui partent du pont. Celui qui le traverse a donc un choix à faire. Quelle route emprunter ?

Juniper lui lança un regard sérieux.

— Comment sais-tu qu'il n'a pas déjà arrêté son choix ?

Anne haussa les épaules.

— Parce qu'il n'y aurait alors qu'une seule route, non ?

Juniper tint son doigt à quelques centimètres des cendres.

— Alors, celui qui traverse a laissé quelque chose derrière lui et plusieurs destinations s'offrent à lui.

— C'est ce que je crois, dit Anne.

— Croyez-vous qu'il allumera des incendies sur chacune de ces routes ? s'exclama Gena.

Anne lui lança un regard furieux.

— Je n'ai rien vu dans ces cendres qui indiquerait qui a allumé cet incendie. Et vous ?

— Hmmm, dit Gena en se frottant le menton. Ne dirait-on pas des lettres, là ? Les initiales E. Q. ? Et regarde, juste là, dit-elle en pointant un autre amoncellement… une prison.

« *Nous y voilà encore* », songea Anne.

Gena ne pouvait être impartiale, parce qu'elle avait déjà fait le procès d'Éric et l'avait condamné.

Juniper s'interposa avant qu'Anne n'ait l'occasion d'être grossière.

— Regardons de l'autre côté du pont. D'où venait cette personne ?

Elles se penchèrent pour analyser la situation. Aucune image ne se formait dans l'esprit d'Anne. Cela n'évoquait rien pour elle. Mais Gena s'exprima :

— On dirait que la forme ressemble à une larme. La situation devait être triste. Et regardez ce petit croissant de ce côté du pont. On dirait un sourcil froncé. Celui qui a traversé le pont a emporté sa tristesse dans son baluchon.

Anne sentit que Gena avait raison. Pis encore, cette description décrivait bien Éric. Il avait laissé ses amis et sa vie derrière lui, à Havre au ruisseau, en raison de l'incendie et de son père. C'était de toute évidence un événement déchirant. Anne y réfléchit un instant, puis quelque chose accrocha son regard. Juste sous le pont, il y avait la lettre B. Elle plongea un doigt dans le tas de cendres.

— Qu'est-ce que tu fais ? demanda Juniper en un cri aigu. Ne touche à rien.

Anne l'ignora et creusa dans la cendre. Le pont s'effondra et elle en tira quelque chose de calciné. Elles lisaient la bonne aventure tracée sur un livre.

— Regardez, dit Anne. Madame Thompson marquait toujours les biographies d'un B.

— Qui est le sujet de cette biographie ? demanda Juniper.

Anne tenta de retourner le livre, mais la couverture noircie se sépara et les pages sombres s'émiettèrent comme un gâteau. Seul le haut d'une page était encore lisible. L'en-tête de la page indiquait *Jeanne d'Arc*. Anne montra la page aux autres.

Juniper la prit et dit :

— Nous lisons sur Jeanne d'Arc ?

— Et elle a été brûlée sur le bûcher, ricana Gena.

Tout à coup, des voix étouffées leur parvinrent de l'autre côté de l'école. Les filles prirent la poudre d'escampette. Elles saisirent maladroitement leur vélo et s'enfuirent à travers la pelouse. Anne regarda par-dessus son épaule. Un homme portant un pantalon impeccable et une chemise blanche se tenait où elles étaient auparavant et regardait le pont effondré. Ses manches de chemise étaient roulées, son col ouvert et sa cravate dénouée. Il regarda vers elles. Anne pédala avec ardeur.

CHAPITRE 10

Des questions ?

L e lendemain, l'école fourmillait d'activité. Tout le monde ne parlait que de l'incendie de la bibliothèque. Anne entendit parler de quatre versions différentes de la cause de l'incendie venant de jeunes qui n'étaient même pas présents lors des événements, et ce, avant même le deuxième cours de la journée !

L'annonce du matin se fit entendre, et le directeur, monsieur Chapman, lança un avertissement sérieux. Tout élève pris en flagrant délit à traverser, à pénétrer ou même à s'approcher du lieu de l'incendie serait suspendu. De plus, tout élève ayant des renseignements au sujet du sinistre était prié d'aller le voir à son bureau entre les cours. Puis, le président du conseil étudiant prit la parole pour proposer quelques idées de campagne de financement afin d'acheter des livres pour la nouvelle bibliothèque.

Anne en avait assez d'entendre parler du feu. Son objectif du matin était de distribuer les invitations pour sa fête d'anniversaire. La cloche sonna pour marquer la fin du premier cours, et Anne prit les livres sur son pupitre pour se diriger vers le prochain cours. En se promenant dans le corridor, elle était agitée. Elle avait l'occasion de donner une invitation à Éric. Elle fut l'une des premières à pénétrer dans la classe. Elle resta à la porte à attendre. Juniper et Gena arrivèrent, tout sourire.

— Crois-tu vraiment qu'Éric viendra à ta fête ? demanda Juniper.

— Je parie qu'il frétille d'impatience, dit Gena.

Elle fit un drôle de bruit de bacon grésillant dans la poêle en crachotant accidentellement.

— Arrête, dit Anne. Il viendra. Sinon, je serai aux prises avec un groupe de garçons qui ne m'intéressent pas du tout.

Puis, elle vit Éric déambuler dans le corridor, se faufilant avec aisance à travers la foule. Son chandail sombre soulignait le mystère de son regard et ses cheveux lui tombaient parfaitement sur le front. Le cœur d'Anne fondit comme glace au soleil.

— É… Éric, bégaya-t-elle alors qu'il s'approchait. Voilà.

Elle lui tendit l'enveloppe. Tout à coup, elle souhaita ne pas l'avoir cachetée avec un autocollant en forme de cœur. Quand il lui prit l'enveloppe, sa main chaude lui frôla les doigts. La chaleur lui monta au visage.

— Qu'est-ce que c'est ? demanda-t-il. Une invitation à ton anniversaire ?

— Ouais, la fête aura lieu vendredi soir. Tu crois pouvoir venir ?

Avant même qu'il n'ait eu le temps de répondre, Beth Wilson apparut, un sourcil plus haut que l'autre. Elle avait été témoin de l'échange.

— Éric, iras-tu à sa fête ?

— Bien sûr, répondit-il timidement. J'y serai.

— Génial ! s'écria-t-elle en agitant les bras comme une vieille vadrouille. Nicole et moi y serons aussi ! Anne, ce sera une fête fabuleuse !

Puis, Beth mit les mains sur ses hanches.

Anne souhaitait intensément qu'elle s'en aille.

— Nous y serons aussi, tu sais, ajouta Gena en hochant la tête en direction de Juniper.

Beth plissa sa lèvre.

— J'en suis ravie.

Anne voulait rapidement dire quelque chose pour détendre l'atmosphère.

— Je songeais à apporter mon ballon de volley-ball, dit Gena en faisant semblant de frapper le ballon en direction de la tête de Beth.

Trop tard.

— N'importe quoi ! aboya Beth. Laisse ton balai à la maison…, à moins que ce ne soit votre seul moyen de transport, à toi et à Juniper !

— Ça suffit, dit Anne. Arrêtez.

— Je te vois rarement sans ta jumelle, Beth, dit Gena. Où est Nicole ? Elle est allée demander des cerveaux pour vous au magicien ?

Le visage de Beth s'empourpra de colère.

— Bon, va te brosser les cheveux, pour une fois !

Elle fonça pour pénétrer dans la classe, mais trébucha sur l'espadrille de Gena au passage. Tandis qu'elle chutait, plusieurs mains se tendirent pour l'attraper. Les bras d'Éric l'enlacèrent et, après quelques pas hasardeux, il réussit à éviter la chute. Elle se redressa et lui décocha un sourire qui donna des frissons à Anne.

Éric et Beth entrèrent ensemble dans la classe.

— Ce n'était pas bien gentil, dit-il à Gena au passage. Beth ricana.

— Hé ! C'était un accident, un vrai ! dit Gena, bouche bée.

— Entrons, dit Anne.

Puis, la cloche sonna.

* * *

Anne remua sur sa chaise afin de voir à la fois le tableau et Éric. Elle ne voulait pas que cela soit évident, mais elle n'arrivait pas à le lâcher des yeux. Il avait l'air si sain, si naturel, si humain. Gena avait tort. Éric n'aurait pas pu allumer l'incendie. Pourtant, l'incident du parc lui revint à l'esprit, celui où il fixait les allumettes. Un frisson la parcourut, et Anne pensa que la température venait de chuter de dix degrés. Elle sursauta, quand le haut-parleur émit un sifflement. Une voix se fit entendre.

— Madame Weber, pourriez-vous envoyer Anne Donovan au bureau du directeur ?

Le groupe s'exclama à l'unisson :

— Oh ! oh !

Pendant un instant, Anne demeura assise, refusant de croire qu'elle venait d'entendre son nom. Elle n'avait encore jamais été convoquée au bureau du directeur. Seuls les enfants turbulents l'étaient…, ceux qui se faisaient expulser de l'école. Anne se souvint de l'avertissement du matin et se demanda si quelqu'un l'avait vue, la veille, près du lieu, en train de consulter les cendres. Pourquoi alors n'aurait-il pas aussi convoqué Gena et Juniper ? Des millions d'yeux la suivirent tandis qu'elle se levait et sortait de la classe.

* * *

Discrètement, elle pénétra dans le bureau décoré de cuir et se tint debout en silence à regarder autour d'elle les diplômes encadrés au mur. Monsieur Chapman remarqua enfin sa présence.

— Anne, vous voilà.

Il s'avança et la guida de l'autre côté de son bureau.

Un homme assis dans l'une des chaises se leva et lui fit face. Anne le reconnut tout de suite.

— Anne, voici Mike Trent, dit monsieur Chapman. C'est un détective.

Le détective lui tendit la main. Anne la lui serra. Elle était froide et moite comme de la cire. Elle retira vivement la sienne. Il la détailla de haut. Elle sut tout de suite qu'il s'agissait de l'homme à la chemise blanche qu'elle avait vu la veille en s'enfuyant.

— Je serai juste à l'extérieur, si tu as besoin de moi, Mike, dit monsieur Chapman en laissant la porte de son bureau ouverte lorsqu'il sortit.

Le détective fit signe à Anne de s'asseoir et prit place à côté d'elle.

— Je ne suis pas seulement détective, je suis de la section des incendies criminels. Tu sais ce que cela signifie ?

Anne acquiesça de la tête.

— Vous enquêtez sur les incendies.

— Ouais, et je dois enquêter sur celui-ci, dit-il en se grattant le nez et en inspirant à fond. J'ai su que tu étais présente, au début de l'incendie, c'est bien ça ?

Anne acquiesça de nouveau.

— Que sais-tu de toute cette affaire ?

Elle n'en savait trop rien. Un instant, tout semblait normal, du côté de la bibliothèque ; l'instant d'après, elle était en feu. Mais elle ne pensait pas que c'était ce que le détective voulait savoir. Elle haussa les épaules.

— Le feu semble s'être déclaré rapidement.

— Oui, oui, en effet, dit le détective en hochant la tête.

Anne l'observa attentivement.

— Voilà tout ce que je sais.

— As-tu vu quelqu'un dans la bibliothèque, d'où tu te trouvais ?

— Je n'ai pas vraiment regardé dans cette direction, avant que les fenêtres ne soient pleines de fumée.

Le détective hocha la tête.

— As-tu vu quelqu'un à proximité de la bibliothèque ?

Anne avait l'impression d'être prise au piège. Elle se tortilla. Devrait-elle lui parler d'Éric ? Il est le seul qu'elle ait vu près de la bibliothèque juste avant l'incendie. Toutefois, il n'aurait sûrement pas fait ça, alors pourquoi le mentionner ?

— Je n'ai rien vu de suspect, dit-elle.

Le détective posa le bras sur le bureau et pianota avec ses doigts. Anne songea qu'il choisissait soigneusement ses mots.

— Connais-tu un garçon du nom d'Éric Quinn ?

Elle tressaillit.

— Ou... oui.

— Était-il près de la bibliothèque, hier ?

Anne baissa la voix.

— Il est passé rapidement à côté en se dirigeant vers le gymnase.

Elle savait qu'elle était là pour répondre à des questions, mais quelques-unes lui venaient aussi à l'esprit. Elle trouva le courage.

— Est-ce que *vous* connaissez Éric Quinn ?

Le détective lui décocha un demi-sourire.

— Oui.

— Vous avez enquêté sur l'incendie de son ancienne maison, n'est-ce pas ?

Son sourire s'effaça.

— Croyez-vous qu'Éric ait pu allumer l'incendie de la bibliothèque ? demanda Anne, peu désireuse d'entendre la réponse.

— Je ne crois rien du tout, en ce moment, Anne, dit-il. Notre enquête est incomplète, pour l'instant.

Anne attendit en silence pendant ce qui lui sembla une éternité, puis le détective la laissa partir. En sortant, elle se retourna.

— Détective, quelle est la cause de l'incendie ?

Il haussa les épaules et soupira.

— Nous avons entendu parler des problèmes électriques qu'il y a eu dans le gymnase la semaine dernière. Nous avons donc cru à un court-circuit électrique. Toutefois, rien n'est négligé. Honnêtement, nous sommes déconcertés. Ce feu

n'a rien d'un incendie volontaire pré-
sumé.

Anne sortit, songeuse. Comment l'incendie aurait-il pu prendre tout seul ?

CHAPITRE 11

L'enquête

Anne, Juniper et Gena attendirent sous le grand magnolia que la cloche de l'école retentisse pour annoncer le début des cours. Elles pouvaient apercevoir le trou béant où se trouvait jadis la biblio-thèque. Un peu de déblayage avait été fait, mais l'odeur désagréable flottait encore dans les airs, et le ruban jaune délimitait toujours la scène.

— Je me demande pourquoi il m'a questionnée au sujet d'Éric, mais pas vous, dit Anne.

— Il m'a simplement demandé de lui dire ce dont j'avais été témoin, dit Juniper. Je lui ai parlé de la fumée.

Gena acquiesça de la tête.

— Pareil pour moi, dit-elle.

Elle était pâle et semblait inhabituellement silencieuse.

— Alors, pourquoi seulement *me* questionner, au sujet d'Éric ? demanda Anne en tentant d'y voir clair.

Le détective avait interrogé plusieurs jeunes, la veille. N'avait-il parlé d'Éric qu'à elle ?

Juniper haussa les épaules.

— Peut-être sait-il que vous êtes allés au parc ensemble.

— Ouais, acquiesça Gena, qui semblait un peu dans la lune.

— Quelqu'un lui en a sûrement parlé, dit Juniper. Tu parles souvent à Éric.

— Les membres de l'équipe de football également, argumenta Anne.

Juniper éclata de rire.

— Mais il n'aurait pas à leur demander s'ils connaissaient Éric. C'est bien évident. Ce qu'il l'est moins, c'est comment l'incendie s'est déclaré.

— Ils n'y comprennent rien, dit Anne.

Gena transféra son sac à dos d'une épaule à l'autre. Des perles de sueur coulaient sur son front, même si la matinée était plutôt fraîche. Elle respirait bruyamment.

— Ça va ? lui demanda Anne.

Gena expira difficilement.

— Il fait juste trop chaud, ici.

— Tu sembles malade, dit Juniper.

— Merci du compliment, dit-elle en s'essuyant le visage du revers de son chandail.

— Non, sérieusement, dit Anne, lui touchant le front. Tu es chaude. Peut-être devrais-tu aller voir l'infirmière.

Gena laissa tomber son sac à dos et s'adossa à l'arbre.

— Je ne suis pas vraiment malade. Ce n'est qu'un peu de fièvre. Ça ira mieux bientôt.

— Je l'espère, dit Anne. Tu ne nous as pas encore fait part de tes opinions matinales habituelles. Que penses-tu de toute cette affaire ?

— Tu ne veux pas savoir ce que j'en pense, dit Gena.

Anne rit.

— Tu as probablement raison, mais vas-y tout de même.

Gena se redressa et se pencha vers Juniper et Anne.

— Je trouve Éric bien étrange. Je crois qu'il peut allumer des incendies sans allumettes.

— Comment s'y prendrait-il ? demanda Juniper.

— Je n'en sais rien, dit Gena. Mais je crois que nous devrions y jeter un coup d'œil, avant qu'il ne brûle toute l'école.

Anne souhaitait maintenant ne pas avoir posé la question. Elle ne voulait pas qu'Éric soit impliqué dans cette affaire. Il devait bien y avoir une autre explication.

Anne recula d'un pas pour scruter le visage de Gena. Elle connaissait ce regard. Ce regard sournois. Et elle ne l'aimait pas du tout. C'est ce regard qui les mettait toujours dans le pétrin.

— Et comment pourrions-nous le vérifier ? demanda Juniper.

Gena fronça un sourcil espiègle.

— Allons chez lui cet après-midi pour l'espionner.

— Non, dit Anne en hochant furieusement la tête. Je ne me ferai pas prendre à espionner Éric. Imagine l'embarras !

— Je m'en fous, argumenta Gena. Et s'il mettait le feu aux immeubles d'appartements ? Je ne veux pas me retrouver à la rue.

Son visage rosâtre était brillant et fiévreux.

— Es-tu certaine d'être assez en forme ? demanda Juniper. Tu as encore l'air malade.

— Ça ira, dit Gena en s'adossant de nouveau à l'arbre.

Anne avait envie de hurler. Parfois, Gena l'irritait vraiment.

— *Moi*, je ne suis pas certaine que ça *me* va, dit-elle. Je vous le laisserai savoir plus tard.

La cloche sonna, et les filles se dirigèrent vers les portes de côté.

* * *

Juniper était déjà chez Gena, quand Anne arriva, cet après-midi-là. Anne ne savait même pas pourquoi elle s'était présentée. Elle ne voulait rester en dehors de tout ça et faisait semblant que tout allait pour le mieux, mais ce n'était pas le cas. Le détective lui avait parlé d'Éric. Il avait peut-être bien quelque chose à voir avec l'incendie de la bibliothèque. Au fond d'elle-même, elle voulait découvrir la vérité.

Gena s'adossa au comptoir de la cuisine, le visage cramoisi.

— Sommes-nous prêtes ?

— Peut-être devrions-nous attendre plus tard ? suggéra Anne. Ta fièvre semble pire qu'avant. Es-tu certaine même de tenir sur tes jambes ?

— Je survivrai, dit Gena.

Elle se leva, fouilla dans un tiroir rempli de bric-à-brac et en sortit des jumelles. Dans son autre main, elle tenait une pierre ronde et vitreuse.

— Qu'est-ce que c'est ? demanda Juniper en la pointant du doigt.

— C'est une pierre sensorielle, dit Gena. Elle change de couleur selon l'humeur. Je la trouve fort utile pour découvrir la vraie essence de chacun.

— Ne fonctionne-t-elle pas uniquement pour la personne qui la tient à la main ? demanda Anne. Nous connaissons déjà ton humeur : elle se situe entre idiote et irritée.

— Elle fonctionne par transfert. Elle capte l'humeur d'une personne à proximité, répondit Gena avec un sourire narquois.

Juniper leva les yeux au ciel.

— Allons-y.

* * *

Elles traversèrent le chemin pour se rendre de l'autre côté du complexe où habitait Éric. Elles savaient exactement où aller, cette fois. Anne et Juniper suivirent Gena, qui se dirigea directement vers l'appartement d'Éric, tout en essuyant de temps à autre ses sourcils fiévreux du revers de la main. Anne remarqua qu'elles avaient toutes trois opté pour des vêtements sombres, cet après-midi-là, et se demanda si c'était inconsciemment un attirail d'« espionnes ». Avant d'arriver devant chez Éric, Gena s'arrêta.

— Ici, dit-elle en pointant un banc à l'intérieur de la buanderie. Gena tira le banc près d'une fenêtre qui donnait directement sur l'appartement d'Éric.

— Bon, si on nous demande quoi que ce soit, dit Gena, nous faisons la lessive.

Juniper sembla intriguée.

— Pourquoi ferions-nous notre lessive ici alors qu'il y a une buanderie juste à côté de chez toi ?

— Les machines à laver sont toutes occupées, dit Gena.

— Mais il y a une machine à laver, chez toi, rétorqua Anne.

Gena soupira.

— Oui, mais Éric l'ignore.

Les filles regardèrent fixement par la fenêtre. Anne était contente que la vitre soit teintée, mais elle avait tout de même peur de se faire prendre.

Gena tint la pierre sensorielle dans sa paume moite. Anne remarqua qu'elle était d'une drôle de teinte ambrée.

— Qu'est-ce que cela signifie ? demanda-t-elle.

Gena referma son poing.

— La frousse, répondit-elle.

— Nous l'avons toutes, ajouta Juniper.

Gena posa la pierre sensorielle sur le bord de la fenêtre.

— Ainsi, elle ne captera pas mes propres émotions, dit-elle.

Elles restèrent assises à surveiller la porte d'entrée de l'appartement d'Éric. Les rideaux étaient tirés à la fenêtre de côté, mais il n'y avait aucune activité à l'intérieur. Le seul bruit audible était celui de la sécheuse.

— J'ai l'impression de regarder un film, dit Gena. On aurait dû apporter du maïs soufflé.

Anne rit nerveusement.

— C'est le film le plus ennuyeux que j'aie jamais vu.

— Ouais, dit Juniper. Où est le personnage principal ?

Les mots étaient à peine sortis de sa bouche qu'Éric apparut à la fenêtre. Les filles tressaillirent et se baissèrent, même s'il ne pouvait pas les voir.

— Que fait-il ? chuchota Juniper.

Gena prit les jumelles, mais Anne les rebaissa.

— Ne fais pas ça. Il pourrait te voir.

— Pourquoi chuchotons-nous ? demanda Gena. Il est à des kilomètres. De plus, il ne peut pas nous voir, à travers cette fenêtre teintée.

Anne se tint l'estomac pour éviter qu'il ne lui remonte dans la gorge.

Gena lui tendit les jumelles.

— Regarde-le, Anne. Peux-tu lire sur ses lèvres ?

Anne aurait bien aimé pouvoir le faire. Il semblait parler à quelqu'un posté derrière la porte d'entrée.

— À qui parle-t-il ? demanda-t-elle.

Gena reprit les jumelles.

— Impossible de savoir.

— Laisse-moi voir, dit Juniper en enlevant les jumelles des mains de Gena.

Deux bras sveltes lui entourèrent le cou pour une accolade. Le cœur d'Anne se brisa. La pierre sensorielle devint bleu roi — doux bonheur. Anne savait qu'il ne s'agissait pas de son humeur à elle.

La porte s'ouvrit, et les trois membres du Club des diseuses de bonne aventure s'effondrèrent sur le banc.

Quand Anne vit qui venait de sortir, des larmes silencieuses coulèrent le long des joues. Beth Wilson descendit les marches en bondissant avec un peu trop d'énergie. Alors qu'elle passait près de la fenêtre, elle plissa les yeux pour tenter de voir à l'intérieur. Son sourire se transforma en air renfrogné.

— On dirait qu'elle a fait les premiers pas, dit Gena.

Anne ne dit rien. Les larmes lui embrouillaient la vue.

— Allons-nous-en, dit Juniper. En voilà trop.

Alors qu'elles se relevaient, la porte de l'appartement d'Éric s'ouvrit de nouveau, et il sortit en joggant. Les filles se blottirent contre une machine à laver. En passant, il donna des coups dans la vitre avec ses doigts.

Elles attendirent que le champ soit libre, puis elles sortirent de la buanderie. Anne sentait l'agitation la gagner. Elle savait que Juniper et Gena voulaient toutes deux dire quelque chose. Toutefois, elle était contente qu'elles ne le fassent pas. Rien ne pourrait la consoler, pour l'instant.

Avant de sortir, Juniper dit à Gena qu'elle avait oublié sa pierre sensorielle.

Gena rentra rapidement la chercher, mais la laissa aussitôt tomber sur le sol.

— Qu'est-ce qui se passe ? demanda Juniper.

Gena leva les yeux vers elle, troublée.

— Elle m'a brûlée.

CHAPITRE 12

Des vœux
d'anniversaire

Vendredi aurait dû être une journée joyeuse. C'était l'anniversaire d'Anne. Pourtant, elle n'arrivait pas à s'extirper de sa détresse émotionnelle. Elle aurait souhaité n'avoir invité que des filles à sa fête. Ainsi, elle ne tomberait pas face à Éric et Beth. Éric lui avait souri et parlé pendant les cours, cette journée-là, mais

Beth, elle, lui avait souri d'un air affecté, cachant bien son secret. La journée à l'école avait été une véritable corvée.

Juniper et Gena arrivèrent trente minutes à l'avance. En plus de leur cadeau, elles avaient apporté leur pyjama pour rester à coucher.

— Alors, comment t'y es-tu prise ? demanda Gena.

Anne détestait quand Gena la saluait en lui posant des questions. Particulièrement lorsqu'elle n'était pas d'humeur à répondre.

— Pour quoi ?

— Comment t'y es-tu prise, pour que ta mère ne décore pas avec des cœurs et des oursons ?

La question la fit sourire.

— Je l'ai menacé d'évoquer les esprits vaudou.

Anne devait bien admettre que sa mère avait fait du bon boulot pour la décoration. Des serpentins crêpés multicolores étaient suspendus au plafond, et le sol était jonché de ballons. Avec les garçons, il faudrait s'attendre à un boucan d'enfer. Peut-être y aurait-il un concours en soirée pour savoir qui pouvait crever le plus de ballons. Cela se produirait sûrement, qu'elle lance l'idée ou non.

— Tu sembles aller mieux, dit Anne à Gena. Ta fièvre est-elle tombée ?

— Ouais, dit Gena. Et Juniper a une drôle de théorie, à ce sujet.

Anne se tourna vers Juniper, impatiente d'en savoir plus.

— Ce n'est pas drôle, dit Juniper. C'est logique.

Anne lança ses bras dans les airs d'impatience.

— Alors, raconte !

— Je crois que Gena avait raison, à propos de la pierre sensorielle. Elle a parlé de transfert d'humeur, mais je crois que la pierre a capté sa fièvre. Voilà pourquoi elle s'y est brûlée.

— Est-ce vraiment possible ? demanda Anne.

— Non, dit Gena. Je crois qu'Éric, l'« allumeur », l'a chauffée en frappant sur la vitre.

Anne soupira.

— Tu ne crois pas vraiment à ces idioties qu'il aurait pu allumer les feux sans allumettes, n'est-ce pas ?

— Ouais. J'ai même déjà vu un film de Stephen King, là-dessus. Cette fillette…

Gena fut interrompue par la sonnette de la porte. Anne retint son souffle, en ouvrant la porte.

— Joyeux anniversaire ! dirent Beth et Nicole.

Elles entrèrent en tenant un seul gros cadeau. Comme à leur habitude, Anne savait qu'elles se cotiseraient pour acheter un cadeau. Elles entrèrent en souriant et en pouffant de rire.

— Je suis contente de voir que ta bouche est guérie, dit Nicole à Juniper. Samedi dernier, aux auditions, c'était horrible.

Juniper plissa les yeux.

— M... merci, je crois.

— Sommes-nous les premières arrivées ? demanda Beth.

Anne espérait que Gena et Juniper ne se sentiraient pas offusquées du commentaire.

— Oui, répondit-elle. Vous pouvez poser le cadeau là.

Beth et Nicole se dirigèrent vers le coin de la pièce où une table avait été installée à cet effet.

— La fête est lancée, murmura Gena. Les jumelles snobinardes sont là.

La sonnette retentit de nouveau. Quelques autres filles de l'école entrèrent, animées et prêtes à faire la fête. Anne répondit encore trois fois à la porte, puis Éric arriva. Il entra avec sa timidité habituelle, tout en paraissant majestueux. Son chandail gris foncé soulignait ses yeux sombres, et son eau de Cologne titilla les narines d'Anne.

Elle aurait aimé lui en vouloir, mais il était trop mignon.

Rapidement, la maison bourdonna d'activité. Les garçons se criaient des idioties à travers la pièce, imitant les enseignants, et donnaient des coups de pied dans les ballons. Anne tenta de garder le volume de la musique bas, mais sa mère ne semblait pas s'en préoccuper. Anne remarqua que chaque fois qu'elle entrait dans la pièce, elle claquait ses doigts et se dandinait à travers la pièce au rythme de la musique. Anne voulait fondre. Les mouvements de danse de sa mère étaient dépassés ! Sa mère semblait s'amuser plus qu'elle. Toutefois, Anne accrocha son sourire de meneuse de claque et se fondit dans la foule.

Une musique rythmée se fit entendre, et Stephen Lewis, qui était dans son cinquième cours de la journée, vint vers Anne.

— Tu veux danser ?

Elle ne voulait pas, mais elle devait rester polie. Ils dégagèrent quelques ballons du pied et dansèrent. Aussitôt, d'autres jeunes leur emboîtèrent le pas.

Anne aurait dû porter attention à son partenaire, mais elle ne quittait pas Éric des yeux. Il se tenait près du coin de la pièce et sirotait une boisson gazeuse en discutant avec d'autres garçons. Elle aurait voulu danser avec lui, mais uniquement lorsque la musique ralentirait. Elle dansait au rythme de son cœur, plutôt qu'à celui de la musique. Puis, le désastre frappa. Beth s'approcha d'Éric et lui fit un câlin. Elle pencha la tête, rejeta ses cheveux luisants vers l'arrière et se colla contre lui. L'estomac d'Anne ne fit qu'un tour. Nicole était debout à ses côtés et souriait pour l'encourager. Sur l'entrefaite, sa mère surgit et entraîna les deux filles dans son sillage. Tandis qu'elles passaient près d'elle, Anne entendit sa mère leur donner des directives pour mettre les bougies sur le gâteau.

La chanson prit fin, et Anne se dirigea vers Juniper et Gena.

— Quand ta mère est-elle devenue amie avec les jumelles snobinardes ? demanda Gena.

Anne haussa les épaules. Elle était tout aussi perplexe que Gena.

— Je n'en sais rien, mais elle semblait avoir besoin de leur aide à la cuisine.

Quelques minutes plus tard, les jumelles snobinardes revinrent de la cuisine et réintégrèrent la fête. Par contre, dès qu'elles commencèrent à discuter avec Éric, la mère d'Anne leur trouva une nouvelle corvée à accomplir. Anne n'en croyait pas ses yeux. Peut-être sa mère n'était-elle pas si vieux jeu que ça, en fin de compte.

Les lumières furent tamisées, et la mère d'Anne ainsi que Beth et Nicole sortirent de la cuisine. Beth portait le gâteau, qui était en fait deux gâteaux sur un plateau. Madame Donovan avait fait un gâteau étroit et une couronne, puis elle avait taillé la couronne en deux pour former un 3 qui, à côté du gâteau étroit, formait un 13. Anne était ravie.

— Fais un vœu, dit Beth en posant le gâteau sur une petite table.

Gena afficha un large sourire.

— Fais le vœu que le garçon de tes rêves t'invite à la danse de première année du secondaire.

Tous les garçons sifflèrent, sauf Éric, qui trépignait inconfortablement à ses côtés et regardait fixement les flammes des bougies. Beth tapa du pied et se croisa les bras. Anne songea que c'était le vœu idéal. Elle ferma les yeux et se vit dansant avec Éric dans le gymnase de l'école. Elle prit une grande inspiration, ouvrit les yeux et… pff !

Les flammes vacillèrent, mais aucune ne s'éteignit. Anne prit une inspiration encore plus profonde, aspirant un peu de l'eau de Cologne d'Éric. Les flammes se couchèrent, mais se relevèrent pour continuer à brûler brillamment.

— Oublie ton vœu, dit Gena.

Anne était à la fois gênée et triste. Elle croyait aux souhaits, et celui-ci devait se réaliser. Puis, l'un des garçons dit :

— Bravo, madame Donovan… Des bougies truquées !

Anne leva les yeux et vit l'expression étonnée de sa mère.

— Hum, ce n'était pas volontaire, dit-elle. J'ai dû prendre la mauvaise boîte au magasin. Je vais vérifier.

À ce moment, tous les jeunes pouffaient de rire et les flammes continuaient à brûler d'un beau jaune doré, la cire coulant doucement sur le glaçage. Ils essayèrent tous en vain de les souffler. Alors qu'ils venaient d'abandonner, Éric se pencha et regarda fixement les bougies.

Son regard était intense, comme s'il voulait les défier. Puis, d'un souffle court, il les éteignit toutes.

Plusieurs enfants, émerveillés, s'exclamèrent à l'unisson :

— Génial !

La mère d'Anne revint dans tous ses états.

— J'imagine que le fabricant a fait une erreur, dit-elle. La boîte indique bien que ce ne sont que des bougies d'anniversaire ordinaires.

Gena poussa Anne du coude et lui murmura à l'oreille :

— Et comment expliques-tu cela ?

CHAPITRE 13

Le village

– Ça commençait par un P, dit Gena, le lendemain matin.

Anne et Juniper échangèrent un regard interrogateur.

— Qu'est-ce qui commençait par P ?

— Dans le film de Stephen King, Charlie, la fillette qui allumait des feux, était capable de le faire par la force de son esprit. Cela s'appelait quelque chose qui commence par P.

— Désolée, dit Juniper. Je n'ai pas vu ce film.

— Nous pourrions aller le louer, suggéra Anne.

Le regard de Juniper s'alluma.

— Encore mieux, nous pourrions aller au Village pour faire enquête.

Anne remonta les manches de son nouveau pyjama d'anniversaire.

— Toutes les excuses sont bonnes, pour aller au Village, n'est-ce pas ?

— Tu crois que ta mère pourrait nous y conduire ? demanda Gena, qui semblait aussi impatiente que Juniper.

Anne soupira.

— Je vais le lui demander, mais vous la connaissez.

* * *

— Pourquoi désirez-vous passer la journée là-bas ? demanda sa mère. Cet endroit est bondé de hippies. Ça m'inquiète.

Anne savait que cela poserait problème. Le Village était essentiellement un regroupement de boutiques nouvel âge et de cafés santé, mais sa mère n'aimait pas les gens qui les fréquentaient. Elle les trouvait étranges. En général, ce n'était que des collégiens.

— Nous éviterons les hippies, dit Juniper. Nous voulons seulement visiter certaines boutiques.

Anne supplia sa mère comme une enfant.

— S'il te plaît ?

Sa mère leva les bras au ciel et attrapa ses clés de voiture.

Leur boutique préférée s'appelait Esprits divins, et Anne n'en avait jamais assez de cette odeur de romarin qui lui emplissait les narines dès qu'elles entraient dans la boutique. Le carillon de l'entrée résonna doucement, et on entendit la harpe jouer. Anne avait l'impression de se retrouver à Camelot.

L'endroit était solennel, si on faisait abstraction de la harpe et quelques carillons à vent qui chantaient en compagnie du climatiseur.

— Commençons par ici, dit Gena. Voilà la section P.E.S[1]. Rappelez-vous, ça commence par P.

Les filles feuilletèrent de nombreux livres, la plupart au sujet de la lecture de pensée, du pouvoir de la suggestion et du développement du sixième sens. Rien au sujet du feu.

— Ça commence par P, dit Gena.

— Nous le savons ! dirent ensemble Anne et Juniper.

Anne se sentait abattue.

— Il n'y a rien, ici.

Elle se replia sur elle-même et regarda le plancher. Puis, son regard se posa sur un gros volume sur la tablette du bas.

— Regardez !

Elles durent se mettre à trois, pour le poser sur le sol. Le titre était : *Le paranormal : une encyclopédie.*

— Essaie de dire ça trois fois rapidement, dit Gena en riant.

Elles ouvrirent l'ouvrage à la section des P. Une longue liste de mots défila sur toute la page. Chaque mot avait une brève description adjacente. La plupart des mots semblaient étrangers, mais Anne en reconnut quelques-uns.

Pendule, *Pentacle*, *Pierre philosophale*, *Poltergeist*, *Possession*, *Prémonition*, *Psychisme*, *Psychométrie*.

— Est-ce que l'un d'entre eux évoque quelque chose pour toi ? demanda-t-elle à Gena.

Gena hocha la tête, l'air confus.

— J'ai une idée, dit Juniper. Cherchons sous F pour « feu ».

Les filles feuilletèrent vers le début de l'encyclopédie jusqu'à la page des F, laissant le reste des pages retomber dans un bruit sec. Il y avait encore beaucoup de mots sur la page, de même qu'une illustration de quelqu'un marchant sur des tisons ardents ainsi qu'une mention sur le feu qui figure au nombre des quatre éléments. Gena glissa son doigt sur la page.

— Voilà, dit-elle. *Le feu a depuis toujours été considéré comme une forme de purification utilisée dans les cérémonies spirites anciennes et contemporaines.*

Elle parcourut rapidement le reste du paragraphe, marmonnant plutôt que lisant, puis s'arrêta à la dernière phrase.

— Voilà, dit-elle. *Pyromancie. Pyrokinésie.* C'est ce mot : « pyrokinésie » !

Elle mit ses mains devant sa bouche, quand elle se rendit compte qu'elle se faisait dévisager.

Elles retournèrent rapidement à la section des P.

Pyrokinésie : L'intelligence du feu. Bien que la pyrokinésie soit un talent contrôlé, certains ignorent posséder ce don et allument des incendies sporadiquement, généralement lorsqu'ils sont en colère. Bien qu'on ne sache pas encore pourquoi certaines personnes naissent avec le don de pyrokinésie, dans les temps anciens, les femmes baptisaient leurs enfants avec de l'eau de lune (de l'eau sur laquelle la pleine lune avait reflété) pour « noyer » la malédiction de la pyrokinésie.

— Voilà donc notre réponse, dit Gena. Il nous faut baigner Éric dans de l'eau de lune, et tu pourras aller à la danse avec lui sans craindre qu'il ne mette le feu à tes vêtements.

— D'accord, mais quand est la prochaine pleine lune ? demanda Juniper. Il pourrait mettre le feu à toute la ville, d'ici là.

Anne était silencieuse. Elle tentait toujours d'assimiler ce que disaient ses amies.

— Venez, dit Gena.

Elles se dirigèrent vers l'homme assis derrière le comptoir, un livre à la main. Il était vieux et pâle, et portait une chemise qui laissait échapper une touffe de poils noirs par l'ouverture du col. Il leva les yeux de son livre, des lunettes de lecture toujours perchées sur son nez.

— Salut.

— Savez-vous quand aura lieu la prochaine pleine lune ? demanda Gena.

L'homme sourit.

— Demain soir.

Après un long silence, Juniper dit :

— Comment pouvez-vous le savoir sans avoir besoin de vérifier sur un calendrier astrologique ou ailleurs ?

Le sourire de l'homme s'agrandit. Il indiqua une affiche à côté de la porte.

**Méditation de la pleine lune
d'automne**
Dimanche soir, 19 h
Jardins astraux
(*derrière Esprits divins*)

— Demain soir, dit Gena.

— Ouais, mais comment convaincre Éric de nager dans de l'eau de lune ? demanda Juniper.

Les deux filles se retournèrent vers Anne, qui sut exactement à quoi elles pensaient.

CHAPITRE 14

Le rendez-vous

– Ça ne fonctionnera pas ! dit Anne en prenant une bouchée de son hamburger de champignons sur pain de blé entier.

Les filles prenaient le goûter à La nourriture de l'esprit, le café santé au cœur du Village.

— Tu dois le faire, dit Juniper. Éric est dangereux. Et tu es la seule qui ait une piscine.

— Mais ça ne fonctionnera pas, insista Anne. Ma mère était assez détendue, hier soir, lors de la fête, mais elle grimperait dans les rideaux, si j'invitais un garçon à la maison. De plus, l'automne est arrivé. Mes parents ont déjà installé la toile sur la piscine. Il n'y aura aucun reflet.

Gena prit son hamburger pour l'examiner sous toutes ses coutures.

— Où est le gras ?

— Mange, dit Anne en enlevant des germes du sien.

Juniper frappa sur la table, et Anne imaginait aisément les rouages en action dans son cerveau.

— Pourquoi pas à la rivière ? dit Juniper.

— Ouais, dit Gena. Vous vous y êtes déjà rencontrés.

Anne ne voulait pas faire cela. Elle n'était même pas convaincue que c'était nécessaire. Mais puisqu'elle ne pouvait pas expliquer les événements étranges des dernières semaines, peut-être que Juniper et Gena avaient raison. Peut-être devrait-elle le faire, simplement à titre préventif.

— Quelle excuse pourrais-je utiliser, pour l'attirer au parc ?

Juniper et Gena se regardèrent sans rien dire. Juniper haussa les épaules.

— Dis-lui qu'il a oublié quelque chose chez toi, hier.

— Je ne vais pas lui mentir ! dit Anne.

— Bon, d'accord, dit Juniper en levant les mains au ciel en signe de capitulation.

— Je sais, dit Gena. Dis-lui que tu travailles à un projet de science sur la pyrokinésie et que tu as besoin de son aide.

Juniper pouffa de rire.

— Ou dis-lui que tu en as contre Beth Wilson et que tu as besoin de son aide pour lui rendre la monnaie de sa pièce.

Juniper et Gena éclatèrent toutes deux de rire. Anne n'arrivait pas à se détendre suffisamment pour s'amuser.

— Je pourrais lui demander quoi faire quand on est échaudée par des amies.

— Nous ne faisons pas ça pour te blesser, dit Juniper. Nous *devons* le faire. Pense aux conséquences possibles, si nous ne nous en occupons pas.

— Bon, dit Anne. C'est d'accord. Mais j'ai l'impression que nous n'y avons pas réfléchi suffisamment. J'ai l'impression que nous faisons fausse route.

— Ouais, dit Gena. Tout comme ce hamburger a manqué le virage bœuf.

* * *

Cet après-midi-là, le cœur d'Anne se mit à battre la chamade, tandis qu'elle composait le numéro d'Éric.

— Si ma mère me surprend à téléphoner à un garçon, je serai punie jusqu'à mes trente ans.

— Tu ne te feras pas pincer, lui assura Juniper.

Après deux sonneries, un homme répondit.

— Allo ?

— Éric ? dit Anne, sentant ses jambes flancher.

— Non, je suis son père. Qui est à l'appareil ?

Anne n'aimait pas son timbre de voix. Elle voulait raccrocher, mais s'il avait un afficheur, il rappellerait probablement pour dire à sa mère que quelqu'un jouait des tours au téléphone. Elle se ferait pincer à coup sûr.

— Euh, c'est Anne Donovan. J'avais une question pour Éric à propos d'un devoir. Est-il à la maison ?

Anne tenta d'ignorer Juniper et Gena, qui lui murmuraient des choses et qui l'encourageaient du pouce.

Monsieur Quinn ne répondit pas. Après un long silence, Éric vient à l'appareil.

— Anne ?

— Oui, dit-elle.

Elle se mordit la lèvre, puis elle rassembla son courage à deux mains et ajouta :

— Pourrais-tu venir me rejoindre au parc, plus tard, demain ?

— Est-ce possible ce soir, plutôt ? demanda-t-il. Mon père et moi nous entraînons au football chaque dimanche après-midi.

— Non, je ne peux pas, ce soir.

Anne sentit son visage se glacer. Que faisait-elle, au juste ?

— Peux-tu venir demain soir, après ton entraînement ?

— D'accord, dit-il. À quelle heure ?

— Après que la lune se sera levée, dit-elle doucement.

Elle se détestait déjà de ressembler à un roman à l'eau de rose.

— Pourquoi pas dix-neuf heures trente ? suggéra-t-il.

— C'est parfait. À demain.

Elle poussa rapidement le bouton « Fin » du téléphone et le porta à sa poitrine. Elle expira nerveusement avant de s'affaisser contre le mur.

— Il ne t'a même pas demandé pourquoi ? demanda Gena.

Juniper sourit.

— Peut-être lui plais-tu vraiment, après tout.

Anne avait l'air triste et abattu.

— Ce sera de l'histoire ancienne dès demain soir.

CHAPITRE 15

L'eau de lune

Anne n'arrivait pas à croire que la nuit était déjà tombée. La pleine lune d'automne, presque aussi brillante que le soleil, éclairait tout sur son passage. Les trois membres du Club des diseuses de bonne aventure se dirigeaient vers le parc, prêtes à prendre les choses en main.

— N'oublie pas, dit Juniper. Tu l'attires près de la rivière, et Gena et moi aiderons à le pousser à l'eau. C'est tout ce que tu as à faire.

Un vent d'automne soufflait, et la chaleur du dernier été était déjà chose du passé. Anne serra son manteau, tandis que la fraîcheur s'immisçait à l'intérieur.

— Cela semble trop cruel, dit-elle. Il aura froid, en tombant dans l'eau.

— Il ne fait pas si froid, dit Gena. Au pire, il attrapera un rhume. Crois-moi, je serai plus à l'aise qu'il éternue APRÈS qu'on l'ait libéré de la pyrokinésie !

— Voilà une image dont je n'avais pas besoin, gémit Juniper.

Tandis qu'elles s'approchaient de l'aire de pique-nique, Gena et Juniper se dissimulèrent derrière les arbres. Anne, elle, sentit un nouveau problème surgir ; elle percevait une odeur de fumée. Alors qu'elle descendait vers la berge, elle vit Éric accroupi près d'un feu de camp pour se réchauffer les mains.

— Noooon ! cria-t-elle en courant vers lui, les bras tournoyant dans tous les sens. Pas de feu ! Pas de feu !

Elle tomba sur les genoux et se mit en devoir de couvrir les flammes de poignées de terre.

Éric recula, troublé.

— Quel est ton problème ?

— Il faut y mettre fin !

Elle ramassait la terre à pleines mains pour étouffer les flammes dans un nuage de poussière.

— Anne, qu'est-ce qui se passe ?

Elle leva les yeux vers lui et frissonna.

— As-tu mis le feu à ta maison ?

— Pardon ?

— Dis-moi ! As-tu mis le feu à ta maison ?

Il la fixa d'un regard vitreux.

— Oui.

Sa réponse lui fit l'effet d'une gifle.

— Tu as mis le feu à ta maison ?

Éric glissa ses mains dans les poches de son blouson et regarda le nuage de fumée et de poussière qu'était devenu son feu.

— Je ne l'ai pas fait exprès, dit-il. J'étais furieux.

Anne attendit la suite. Elle voulait entendre qu'il était innocent et qu'il ne pouvait pas vraiment allumer des feux par la force de l'esprit.

— Je désirais aller patiner avec mes amis, poursuivit-il. Mais mon père ne voulait pas. Il a dit que si je tombais et que je me cassais le bras accidentellement, je ne pourrais plus jouer au football. J'étais si en colère que j'avais envie de détruire quelque chose. Puis, il m'a fait sortir pour un entraînement. Chaque fois que je lui lançais le ballon, je tentais de le blesser. Toutefois, il a réussi à l'attraper chaque fois. En fin de compte, je l'ai lancé de toutes mes forces en direction de sa tête. Il s'est penché pour l'éviter, et le ballon a frappé la lumière du porche arrière. Le tout a éclaté et des fils électriques ont continué à pendre. Bon, l'incendie s'est déclaré plus tard cette nuit-là à cause des fils exposés.

Anne secoua la tête en écoutant son récit.

— Ne pouvaient-ils pas reconstruire la maison ?

— Elle est en reconstruction, dit Éric. Toutefois, papa a dit que c'était une bénédiction déguisée pour que nous déménagions ici et que je puisse jouer au football pour Avery. Il prévoit vendre la maison dès qu'elle sera terminée.

Éric sembla faible et abattu, en se tournant vers la rivière.

— Et pour la bibliothèque ? demanda Anne. As-tu mis le feu à la bibliothèque ?

— Non ! cria-t-il alors qu'une expression blessée envahissait son visage. Je n'ai pas incendié la bibliothèque.

— Et les bougies de mon gâteau d'anniversaire ? Tu les as soufflées alors que personne n'avait réussi à le faire.

Éric secoua la tête et plissa les yeux.

— Elles vacillaient, de toute façon. Elles allaient s'éteindre d'elles-mêmes quelques secondes plus tard.

Il la regarda fixement un moment, puis dit :

— Je rentre à la maison.

C'est à ce moment que Juniper et Gena passèrent à l'attaque. Elles coururent vers Éric, prêtes à le tacler. Il resta debout à les regarder venir, surpris. Chacune lui attrapa un bras en tentant de l'entraîner vers la rivière.

Anne pouvait voir le grand cercle blanc de la lune flotter à la surface. Bon, si seulement Juniper et Gena parvenaient à le faire culbuter dans l'eau.

Éric protesta, lorsque les deux filles tentèrent de l'entraîner vers la berge. Il planta les talons au sol et tenta de se défaire de leur emprise. Il se débattit, mais elles continuèrent de le pousser.

La scène tout entière traversa l'esprit d'Anne en accéléré. Elle devait leur venir en aide. Si Éric se libérait, elles ne trouveraient jamais d'autre occasion. Peut-être n'était-il pas responsable des incendies, mais c'était la seule façon de le savoir.

Elle courut vers lui les bras tendus devant elle. Elle poussa sur son torse et tous les quatre chutèrent dans l'eau de lune de la rivière.

— Vous êtes cinglées ! s'écria Éric en tentant de se libérer. Cette eau est glacée !

— Tant mieux ! dit Gena, lui versant de l'eau sur la tête. Pas question de manquer un centimètre carré.

— Ce n'est pas drôle ! cria-t-il en essayant de se relever.

Anne ne croyait pas non plus que c'était amusant. Elle avait si froid qu'elle ne sentait plus son corps. Ses cheveux blonds lui collaient au visage et au cou, mais elle vit que Juniper et Gena avaient également l'air de rats mouillés. Ils avaient tous l'air de personnages de bandes dessinées.

— Je le savais ! cria une voix.

Anne et les autres se retournèrent pour voir Beth debout sur la rive à côté de l'amoncellement de terre où Éric avait auparavant allumé un feu.

— Traître ! hurla-t-elle.

Au début, Anne crut qu'elle s'adressait à elle, mais elle se rendit compte que sa colère était dirigée vers Éric.

— Comment as-tu pu me faire cela ? Surtout après que je sois allée chez toi pour t'aider avec tes devoirs ! C'est *moi* que tu devais inviter à la danse de première année du secondaire !

— Beth, aide-moi ! cria Éric, tentant toujours de se libérer de l'emprise des membres du Club des diseuses de bonne aventure.

— Je ne t'aiderai jamais plus ! répondit-elle, le visage rougi et les veines palpitant dans son cou. Ne passez pas la case départ, ne rejouez pas ! Tant pis ! Tu es un salaud !

Une étincelle surgit du tas de terre et le feu de camp rayonna d'un orange doré. Beth tapa du pied et serra les poings.

— Moi ! Ce devait être moi !

Une flamme jaillit, et le feu se ralluma de lui-même. Tandis que Beth rageait et trépignait, les flammes grandirent.

— C'est Beth ! cria Gena debout dans l'eau jusqu'à la taille. C'est Beth ! C'est elle !

— Pardon ? dit Juniper.

Gena marcha péniblement jusqu'à la berge.

— Qui était là chaque fois qu'un incendie s'est déclaré ? Et tes feux sauvages… et ma fièvre. Qui était toujours là ? Beth. Elle était là chaque fois ! C'est Beth. C'est elle qui a le don de pyroki- nésie !

Juniper se tourna vers Anne et sut quoi faire. Les trois filles ignorèrent Éric et se dirigèrent vers Beth. Toutefois, Beth continuait de maudire Éric, et des tisons éclatèrent en lançant des flammes qui touchèrent le bas du blouson de Beth. Elle tapa dessus, mais le feu se répandit.

Beth hurla et sautilla pour tenter de se défaire de son blouson enflammé. Anne réfléchit rapidement.

— Beth ! Arrête et roule-toi par terre ! Arrête et roule-toi par terre !

Beth s'exécuta. Elle se laissa tomber sur le sol et roula… jusque dans la rivière.

Tout le monde avança péniblement vers elle.

— Es-tu blessée ? demanda Juniper tandis qu'elle et Anne aidaient Beth à se relever.

Beth fondit en larmes.

— Oui, oui, dit-elle en sanglotant.

Anne l'examina.

— Où as-tu été brûlée ?

Beth secoua la tête.

— Ce n'est pas le feu qui m'a blessée.

Puis, elle se tourna vers Éric, le regard implorant.

— Pourquoi as-tu demandé à Nicole de t'accompagner à la danse ?

Le Club des diseuses de bonne aventure fit volte-face pour dévisager Éric. Anne était bouche bée.

— Tu as invité Nicole à la danse ?

— Ouais, dit Éric en sortant de l'eau. Elle est très gentille.

Il pataugea jusqu'à la berge ; l'eau ruisselait sur ses vêtements.

— Je me tire d'ici, dit-il en hochant la tête.

— Tu n'es pas brûlée ? demanda Anne à Beth.

— Non, répondit-elle en baissant la tête. Seulement ma veste.

— Viens, dit Juniper. Nous te raccompagnerons chez toi.

* * *

Le lundi matin, les filles se réunirent sous le grand magnolia pour attendre que la cloche de l'école retentisse. Un vent frais glaça le visage d'Anne. Refermant sa veste, elle jeta un regard en direction de l'endroit où se trouvait jadis la bibliothèque de l'école.

— Comment avez-vous expliqué à votre mère vos vêtements détrempés ? demanda Gena avec un sourire.

— J'ai dit à ma mère que j'étais accidentellement tombée dans la piscine d'Anne, répondit Juniper.

— J'ai dit à mon père que je pêchais sans canne. Cet homme ne croit jamais rien de ce que je dis, de toute façon.

Elle se tourna vers Anne.

— Et toi, qu'as-tu raconté à ta mère ?

Anne sourit.

— J'ai tenté de me faufiler en douce, mais elle m'attendait à la porte.

— Oh, non ! dit Juniper, le regard empreint de sympathie. T'a-t-elle punie ?

— Voilà bien ce qui est étrange. Elle est allée me chercher une serviette et m'a demandé comment avait été mon rendez-vous avec Éric.

Gena gloussa.

— Lui as-tu parlé de ta baignade au clair de lune ?

— Non. Je lui ai simplement dit que ce n'était pas vraiment un rendez-vous et que vous y étiez également, et euh… qu'il ne me plaisait plus tellement.

— Qu'a-t-elle dit ? demanda Juniper.

— Elle a souri et m'a serrée dans ses bras. Elle a dit qu'elle espérait que ça irait mieux avec le prochain garçon qui me plairait.

Gena secoua la tête.

— Ta mère a dit ça ! Que s'est-il passé ? Était-elle possédée par des esprits vaudou ?

Le sourire d'Anne se fit éclatant.

— Non. J'imagine qu'elle est tout simplement gentille, après tout.

Puis, Anne songea à autre chose.

— Je me demande ce que Beth a raconté à sa mère.

Juniper haussa les épaules.

— Nous ne le saurons probablement jamais.

Anne songea à la nuit précédente. On aurait dit un rêve.

— Alors, qui était-ce ? demanda-t-elle. Éric ou Beth ?

— Nous ne le saurons probablement jamais non plus, dit Juniper. Mais j'ai l'impression que c'est bien terminé.

— Moi aussi, dit Anne.

Juniper leur sourit.

— Bon, j'imagine que nous irons à la danse ensemble, toutes les trois.

— Je n'irai pas à cette danse idiote, dit Gena.

— N'aimerais-tu pas voir Beth consumée de jalousie toute la soirée en regardant Nicole ? demanda Juniper.

— Non, merci, j'ai eu ma dose de feu, répondit Gena.

— Moi aussi ! ajouta Anne. Soit dit en passant, j'ai entendu dire qu'ils essaient d'organiser des campagnes de financement pour acheter de nouveaux livres pour la bibliothèque. Peut-être devrions-nous proposer des interprétations de tarot, ou autre chose du genre. Tu sais, à raison de cinq dollars la consultation. Nous pourrions faire don des recettes.

— Bonne idée, dit Juniper. Crois-tu que nous sommes assez bonnes pour lire les cartes pour d'autres personnes ?

Les filles échangèrent un regard inconfortable. Anne haussa les épaules.

— Peut-être devrions-nous simplement vendre des bonbons.

Elles éclatèrent de rire en se dirigeant vers leur cours.

DOTTI ENDERLE

Dotti Enderle dit la bonne aventure depuis bien avant sa naissance. C'est une excellente médium qui sait toujours quand il y a du chocolat dans les parages. Elle vit au Texas avec son mari, ses deux filles et un chat paresseux surnommé Oliver. Découvrez-en davantage au sujet de Dotti et de ses livres au :

www.fortunetellersclub.com

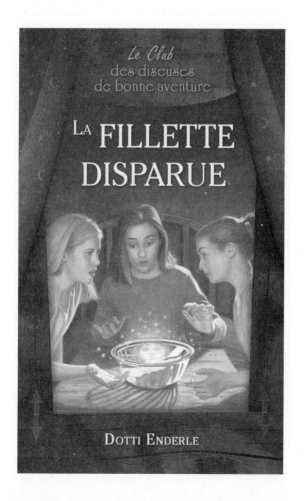

Pour obtenir une copie
de notre catalogue,
communiquez avec :

ADA
1385, boul. Lionel-Boulet
Varennes, Québec
J3X 1P7
Téléc : (450) 929-0220
info@ada-inc.com
www.ada-inc.com

Pour l'Europe, voici les coordonnées :
France : D.G. Diffusion Tél. : 05.61.00.09.99
Belgique : D.G. Diffusion Tél. : 05.61.00.09.99
Suisse : Transat Tél. : 23.42.77.40